LA MÉLODIE FA … G

Née en 1965, Karin … e
avant de s'installer … e,
spécialiste de la cu … *a*
boutique de Sung, qu … e,
est son premier roman.

KARIN KALISA

La Mélodie familière de la boutique de Sung

ROMAN TRADUIT DE L'ALLEMAND PAR ROSE LABOURIE

ÉDITIONS HÉLOÏSE D'ORMESSON

Titre original :

SUNGS LADEN
Paru chez C. H. Beck, Munich.

ISBN : 978-2-253-07311-6 – 1re publication LGF

Imaginaire et non imaginaire,
Réel et en même temps non réel
– C'est dans cet intervalle que vit le jeu.

Chikamatsu MONZAEMON

Mais le paradis est verrouillé
Et le chérubin derrière nous ;
Nous devons faire le tour du monde
Pour voir s'il n'est pas ouvert
Quelque part de l'autre côté.

Heinrich VON KLEIST

PREMIÈRE PARTIE

1

Tout avait commencé en décembre. La première neige était déjà tombée lorsque l'école primaire du petit quartier de Prenzlauer Berg lança une « semaine cosmopolite ». C'était un moment éminemment mal choisi, car les préparatifs cosmopolites coïncidaient avec les ateliers de Noël et de l'Avent. Le directeur était un adepte de l'arithmétique administrative et tenait à éviter tout bouleversement d'emploi du temps et toute initiative de dernière minute avant les vacances. La maxime de son action était : loi de Gauss contrôlée même en période de crise. Et voilà ce qui lui tombait dessus. Comme toujours, il s'était attaqué dans les temps aux travaux de fin d'année quand cette note avait ressurgi sur son bureau. Venue du recteur d'académie en personne. Le directeur devait faire progresser l'école en matière d'entente entre les peuples, était-il écrit. C'était sans doute cette vieille histoire : quelques élèves de 6e avaient malmené le Gambien de 2e[1]. Apparemment, il avait pris la seule et unique balle de tennis en otage. Leur colère était compréhensible, mais les garçons étaient allés trop loin. Les éducatrices périscolaires de la 6eB et de la 2eA leur avaient par conséquent fait la leçon jusqu'à ce que les élèves de 6e tendent la main au petit et lui tapent sur l'épaule, et la balle de tennis était aussitôt réapparue. Aux yeux des intéressés, l'affaire était réglée. Mais peu après, le petit avait quitté l'école, et le recteur avait dû en avoir vent. La note datait de février. Le directeur sentit son front se mouiller de sueur en imaginant le haussement de sourcils de son supérieur – un homme aux dents longues qui voyait de toute évidence plus loin que le rectorat – si jamais il n'était pas en mesure de lui présenter quoi que ce soit à la fin de l'année, pas même un projet, ou au moins l'ébauche d'un projet ou un entretien ou une date pour un entretien – rien de rien.

« Vous devez être plus efficient, mon cher », avait déclaré le recteur lors de la dernière inspection, et depuis, le directeur se rassurait régulièrement : il était indéboulonnable même si les choses se gâtaient. Car bien que le mot « efficient » ne fît partie ni de son

1. Quelques précisions concernant le système scolaire berlinois. Les classes ne portent pas le même nom qu'en France. La 1re allemande correspond au CP français, la 2e au CE1 et ainsi de suite. Par ailleurs, le primaire berlinois a pour particularité d'aller jusqu'à la 6e. *(N.d.T.)*

vocabulaire actif ni de son vocabulaire passif, il avait clairement perçu cette phrase comme une menace. Il avait consulté le dictionnaire et secoué la tête. Il n'était pas un concept aristotélicien, mais un directeur d'école ; pas un philosophe, mais un mathématicien. Il croyait à ce qui était concret et déjà éprouvé, et il ne mettait pas la charrue avant les bœufs. La plupart des turbulences se réglaient d'elles-mêmes avec le temps – il en faisait l'expérience depuis de nombreuses années. Mais le nouveau recteur n'entendait rien aux histoires de charrue et de bœufs – il en faisait l'expérience depuis l'année dernière. Le directeur, que six ans et demi tout pile séparaient de la retraite, se vit donc forcé de recourir à la méthode qui avait déjà fait ses preuves lorsqu'il s'était retrouvé dans un mauvais pas. La trilogie magique : 1) affronter le problème, 2) refiler le bébé, 3) tirer un trait. Il passa en revue la liste des élèves, compta le nombre de nationalités – vingt et une ! il n'aurait jamais cru – et, lors d'une réunion improvisée pendant la récréation du lendemain matin, prit au dépourvu les maîtresses, déjà au bout du rouleau à force de faire le grand écart entre le programme scolaire et tout le chambard de fin d'année, en les chargeant d'organiser une « semaine cosmopolite » entre les deuxième et troisième dimanches de l'Avent. Elles le regardèrent avec stupeur et s'interrogèrent sur sa santé mentale. Le directeur s'attendait à cette réaction et affichait un air serein : pas de panique. Si tous les enfants étrangers à vingt-cinq, à cinquante ou à cent pour cent – ou plutôt : les enfants issus de l'immigration, se corrigea rapidement le directeur qui voyait de nouveau se soulever les sourcils souples du recteur –, si tous ces enfants, donc, apportaient un objet de leur culture d'origine et le présentaient lors d'une petite cérémonie sous le préau, l'affaire serait pliée en un rien de temps.

« Ensuite, on se remet à préparer Noël, déclara-t-il sur un ton énergique qui seyait, selon lui, au qualificatif "efficient". Et après ça : oie farcie et vacances. Vous allez y arriver ! »

Il fit un petit geste d'encouragement à la ronde et, tandis que résonnait la sonnerie annonçant la fin de la récréation, faussa compagnie à une assemblée qui n'était plus capable de la moindre protestation.

« C'est peut-être une bonne occasion pour intégrer les enfants chez qui on ne fête pas Noël, dit une jeune collègue récemment titularisée. En fin de compte, ça peut être une expérience positive pour tout le monde. »

Le directeur l'entendit en quittant la pièce, se retourna vers elle, lui adressa un signe de tête reconnaissant et prit mentalement note de sa remarque pour son compte rendu. Les maîtresses se contentèrent de regarder leur nouvelle collègue d'un air résigné et légèrement compatissant. Mais par la suite, certaines ne manqueraient pas de se remémorer cette phrase.

2

Lorsque son fils lui demanda quel objet vietnamien il pourrait apporter à la semaine cosmopolite, Sung l'envoya voir sa grand-mère. Avant ça, il avait jeté un regard furtif aux chats porte-bonheur dorés et argentés de sa boutique, tous *made in China*. Il avait bien tendu le bras vers les moulins à vent en plastique de toutes les couleurs qui lui restaient de l'été dernier et étaient certes *made in Vietnam*, mais sans doute pas très vietnamiens. Puis il avait baissé la main en soupirant. Il s'était levé à 4 h 30 du matin. Il avait été au marché, déballé des fruits et des légumes, vendu des petits pains, empilé des cartons de cœurs en pain d'épices, mangé une soupe de nouilles debout près de la petite cuisinière de l'arrière-boutique, et il était en train de lutter contre le coup de fatigue de l'après-midi quand Minh était revenu de l'école en lui demandant un « bien culturel du Vietnam ». Il devait absolument en apporter un pour la cérémonie du préau. Dès demain. Il y avait seize enfants vietnamiens, mais le sort l'avait désigné.

« Un bien culturel ? »

Sung regardait Minh d'un air interrogateur.

« Oui, enfin, un truc qui vient du Vietnam. N'importe quoi sauf de la nourriture.

— Et pourquoi ? avait demandé Sung, légèrement agacé que cette solution d'une merveilleuse facilité soit exclue.

— Le directeur a peur de la tourista. Avec toute la nourriture étrangère. Et que du coup l'inspection sanitaire vienne à l'école, avant Noël en plus », avait répondu Minh. C'était en tout cas ce que la maîtresse leur avait expliqué le jour même.

Un bien culturel du Vietnam. Minh avait annoncé cette tâche comme il aurait expulsé un corps étranger par la bouche. À croire que le Vietnam était aussi éloigné de sa vie que le mot « bien culturel » de son vocabulaire. L'air pensif, Sung regardait son fils qui se tenait devant lui avec fébrilité, dans l'attente d'une solution. Minh était né en Allemagne, tout comme lui. Il grandissait dans ce pays, tout comme lui y avait grandi. Mais tous deux avaient des yeux sombres en amande et des cheveux noirs. Ils portaient des noms vietnamiens et mangeaient des plats vietnamiens. Et voilà que Minh était propulsé ambassadeur culturel de son pays. Son pays ? Sung était trop fatigué pour se pencher sur de si vastes questions. La perspective d'une tasse de café lui parlait en cet instant beaucoup plus que l'ensemble des biens culturels du Vietnam.

« Va voir ta grand-mère, avait-il dit. Peut-être qu'elle aura une idée. » Minh avait chipé une barre chocolatée sur l'étagère et s'était traîné jusque dans l'arrière-boutique où se trouvait Hiền, la mère de Sung, sa grand-mère.

Par la suite, Sung s'était plus d'une fois demandé s'il n'avait pas eu un pressentiment, un tout petit pressentiment, que quelque chose allait se mettre en branle lorsqu'il avait renoncé à flanquer un chat porte-bonheur et un moulin à vent dans les bras de son fils pour l'envoyer voir sa grand-mère, seul membre du foyer à être née au Vietnam et susceptible d'avoir un de ces « biens culturels » sous la main. Ou au moins une idée. C'était le cas. Elle avait un bien culturel, et elle avait une idée. À vrai dire, c'était plus une illumination qu'une idée : c'était un coup de génie. Même si elle non plus ne savait pas qu'elle allait ainsi changer non pas la face du monde, mais au moins celle d'un quartier de Berlin, au point qu'il en viendrait à se redécouvrir lui-même.

Lorsque, le lendemain matin, un petit garçon vietnamien de tout juste huit ans et une petite bonne femme vietnamienne de tout juste soixante ans se retrouvèrent à trimballer entre eux une grande marionnette en bois de plus de quatre-vingts ans sur le chemin de l'école, personne n'y prêta attention au milieu de toute l'agitation matinale. Cela échappa même à Sung, car il était occupé à décharger des marchandises, et Mây, sa femme, était encore alitée aux côtés de la sœur de Minh, Sương, âgée d'à peine quelques semaines. Et Lan non plus, la belle-sœur de Sung, qui ouvrait la boutique et mettait le four en route pour les petits pains du matin, ne s'aperçut de rien. Car grand-mère et petit-fils ne sortirent pas par la boutique, mais par l'arrière-cour.

3

Seules quelques écolières de 2e firent des messes basses lorsque Minh emprunta le couloir du préau en compagnie de sa grand-mère et de la marionnette. Il ne s'agissait pas de Minh, qu'elles connaissaient de la cour de récré, ni de la marionnette, qui ressemblait à première vue à un grand morceau de bois de forme allongée, non : c'était la robe de Hiền en soie vert océan avec un large ourlet argenté aux chevilles qui les subjuguait. Du regard expert de fillettes de sept ans, elles virent tout de suite qu'il ne s'agissait pas de prêt-à-porter, mais d'une véritable robe de princesse. Mais même les élèves de 2e ne purent pas rester bouche bée bien longtemps, car elles furent emportées par l'irrésistible et bruyante marée humaine qui déferlait vers le delta du préau. En réalité, tout le monde – les professeurs comme les élèves et les quelques parents entraînés dans le flot – était bien trop affairé pour s'attarder sur l'étrange trio. Il faut dire que la plupart des enfants de l'école baignaient dans l'effervescence culturelle de la capitale et ne se laissaient pas facilement impressionner. On leur avait récemment proposé les quelque mille deux cents manifestations réparties sur trois cent cinquante lieux du festival Berliner Märchentage. Par ailleurs, ils avaient participé en moyenne à deux fêtes d'anniversaire par mois, qu'il s'agisse d'une chasse au trésor, d'une visite du musée interactif ou d'une sortie à l'aire de jeux avec magicien à la clé. Pour le week-end, leurs parents n'étaient jamais en manque d'inspiration : brunch au planétarium, beach-volley en intérieur chauffé avec stand de hot-dogs ou film avec pop corn. Et de fait, les cinéphiles en herbe ne s'attendaient pas le moins du monde que du grand spectacle se produise un jour entre les murs jaunis de leur école, à plus forte raison avec des héros de bois et de soie verte. C'est donc dans la plus grande discrétion que Minh et Hiền prirent place au quatrième rang – tout au bout, sur trois chaises, avec la marionnette entre eux. Ils serraient fort ses mains de bois et regardaient devant eux d'un air concentré.

Lorsque les derniers retardataires eurent escaladé les quatre étages à en perdre haleine et se furent glissés *in extremis* par la porte, les regards des enfants s'arrêtèrent sur les gros caractères au-dessus de la scène que le concierge avait accrochés la veille avec force protestations au motif que les missions acrobatiques de ce genre n'entraient pas dans ses attributions : CHOSES DU MONDE. Des propositions plus ambitieuses telles que : « C'EST À VOUS. LES PAYS ENTRENT EN SCÈNE » et « CHOSES D'ICI ET D'AILLEURS » avaient été réduites à ce slogan aussi simple que creux. Adossées au mur est du préau, les maîtresses sirotaient leur café du matin à petites gorgées en posant de temps à autre leurs tasses sur le rebord de la fenêtre. Elles se réjouissaient de pouvoir lever le pied pendant trois heures – récompense de dix jours de préparatifs qui seraient consignés dans le compte rendu pédagogique sous le titre « Acquisition de compétences interculturelles ». Désormais, c'était aux élèves de travailler. Le directeur était posté contre le mur d'en face et pensait fort à sa retraite et à sa cabane de pêcheur sur le lac de Templin. Il affichait un sourire pénétré, et le petit discours d'ouverture prononcé par la directrice adjointe lui passa au-dessus de la tête.

La Suisse ouvrit dignement le bal – avec un accordéon certes minuscule, mais richement orné, sur lequel un élève de 3e endimanché d'une veste brodée et d'un capet de paille, après avoir présenté le bel objet comme étant un « *schwyzerörgeli* traditionnel », joua une petite mélodie non sans un certain embarras. À ses côtés se tenait sa petite sœur de 1re qui agitait un drapeau suisse, bouche ouverte et regard absent. Visiblement soulagés, tous deux se carapatèrent ensuite pour laisser place à un imposant samovar qu'un élève de 5e hissa fièrement sur scène et brancha au courant. La bonne humeur menaça de tourner court lorsque le public demanda si une boisson n'était pas en quelque sorte de la nourriture et si, par conséquent, le thé fumant en cours d'infusion n'était pas contraire au règlement. Le garçon dégingandé, moitié russe moitié allemand, qui s'était résigné à parcourir un long trajet jusqu'à la banlieue sud-ouest de la ville pour aller emprunter à une tante odieuse ce rutilant samovar d'apparat couleur cuivre était au bord des larmes. Le directeur leva les mains en signe d'apaisement et cria à travers la salle que le thé n'était dans le cas présent qu'un accessoire pour ainsi dire indissociable de la chose, et qu'une chose telle que ce splendide samovar était parfaitement conforme au règlement de la cérémonie.

Lorsque, sur ces entrefaites, une fillette bulgare chargée d'un gros bouquet de roses entreprit de réciter un très long poème d'une voix à peine audible, l'intérêt pour les choses de ce monde commença à faiblir et le brouhaha à s'amplifier. C'est alors que Minh monta sur scène en compagnie de sa grand-mère et de la marionnette. La salle continuait à s'agiter. Hiền laissa son regard courir sur les rangées de chaises. À toi de jouer, pensa le directeur qui n'avait pas envie d'intervenir de nouveau.

Soudain, le petit corps de Hiền se raidit et sa voix perçante et légèrement enrouée résonna sans crier gare à travers la salle :

« *Good morning, Vietnaaaaaaaam !* »

Les têtes des enfants se tournèrent aussitôt vers la scène. Le directeur se redressa, une tasse de café se renversa près du mur est. Les enfants, après un instant de frayeur dû au coffre inattendu de cette frêle silhouette enveloppée de soie chatoyante, se remémorèrent à la vitesse de l'éclair les règles de conversation avec les marionnettes acquises et perfectionnées au cours de leurs cinq années de garderie : « *Good morning, Vietnaaam !* » répondirent-ils en écho, sans économiser leurs poumons et charmés par la langue étrangère, le volume sonore et le long étirement du *aaaa*. Ils étaient de nouveau concentrés. Aux aguets. Tout comme leurs maîtresses, leur directeur d'école et son adjointe.

Dans le silence impatient qui suivit ce cri primal venu d'Orient, le temps que les images d'une guerre lointaine se glissent dans les cerveaux pris de court des adultes, Hiền tira de sa large manche vert océan un long tissu de la même couleur. On aurait dit qu'elle la dévidait, mais la manche resta intacte. Elle enroula le tissu autour de la marionnette et se mit à parler d'une voix transformée, douce et calme. À croire qu'elle avait tout le temps du monde, et pas seulement les sept minutes méticuleusement calculées et soigneusement chronométrées par le directeur (vingt et une nations réparties sur trois heures de classe moins vingt minutes de récréation).

4

« *Trăm năm* – Thủy aura bientôt cent ans. » Hiền souleva la marionnette pour la présenter aux enfants. « Elle vient d'un pays qui appartient à moitié à la mer et à moitié à la terre. C'est un beau pays. C'est un pays pauvre. Un beau pays pauvre. »

Un profond soupir sorti de la poitrine de Hiền secoua la marionnette. Les regards de Hiền et de Thủy se promenaient de visage en visage et s'arrêtèrent sur le sapin décoré qui était déjà prêt pour la fête de Noël quelques jours plus tard.

« C'est bientôt Noël, non ? » demanda Hiền penchée vers le public. Les enfants s'empressèrent de hocher la tête : « Oui ! »

Hiền prit un air songeur. « Noël est synonyme de paix, non ? » poursuivit-elle.

Les enfants hochèrent de nouveau la tête.

« Tant mieux, dit Hiền. Thủy se réjouit que ce soit la paix, car Thủy a connu la guerre. La guerre a coupé son pays en deux, son foyer – scritch, scratch ! »

Hiền tira sur chaque côté du tissu de soie autour de la taille de la marionnette. La marionnette en bois vacilla. « Le Sud se bat contre le Nord, le Nord contre le Sud. »

Hiền branla du chef avec inquiétude et fit frémir Thủy.

« Les gens du Sud pensent qu'un grand fantôme fait tourner la tête aux gens du Nord. Car d'un seul coup, les gens du Nord veulent s'approprier les machines avec lesquelles ils travaillent, et aussi le champ où ils plantent des légumes et du riz. Ils ne veulent plus laisser les machines ni la terre aux riches qui ne leur accordent aucune liberté et aucun droit. Mais comme les gens du Sud pensent qu'il en a toujours été ainsi et que cela doit continuer, les voilà obligés de traquer et de pourchasser ce fantôme jusqu'à ce que l'air lui manque. »

La gorge de Thủy se serra entre les mains de Hiền. « Et les gens du Nord pensent que le Sud qui croit aux fantômes est lui-même un sorcier qui rend les riches toujours plus riches et les pauvres toujours plus pauvres et ne peut plus arrêter ce maléfice. Il ensorcellera le monde entier si on ne le chasse pas, disent-ils. Alors ils se lancent à ses trousses. »

Les bras de Thủy s'élancèrent en avant.

Les enfants étaient assis sur leurs chaises le dos bien droit à écouter la voix de Hiền. Ils étaient pour le Nord, bien entendu. C'était un conte, et ils connaissaient la logique du conte sur le bout des doigts. Le Nord allait d'abord affronter des épreuves, puis il finirait par vaincre. Les regards des maîtresses balayèrent discrètement le mur d'en face. Jusqu'à quel point le communisme avait-il de nouveau droit de cité dans cet établissement, avec l'Avent et le multiculturalisme ? Le directeur fixait la scène, crispé. *Il faut qu'elle retombe sur ses pieds*, pensait-il, *il le faut*. Le concierge les avait rejoints. Vêtu de son bleu de travail, il était planté à côté de la grande porte battante et écoutait en souriant. Il était chargé de l'accrochage et des lumières, mais pas de ce qui se passait en dessous. Et ça lui allait bien comme ça.

« Un puissant souverain avec beaucoup de soldats prêta main-forte aux gens qui étaient pour les riches, poursuivit Hiền. Ils firent de grands ravages, mais le Nord était plus fort et ils chassèrent les soldats qui étaient venus de loin, à bord de bateaux, d'avions et d'hélicoptères. Et le pays fut de nouveau uni, et on vécut comme le Nord le voulait. »

Et voilà. On voyait au visage des enfants qu'ils étaient prêts à applaudir des deux mains, mais Thủy, postée à l'avant de la scène, loin d'avoir l'air victorieuse, secouait la tête en proie à une vive inquiétude.

La voix de Hiền s'éleva de nouveau : « La guerre était terminée, mais le pays était vide et désolé. Aucune fleur n'osait pousser, les arbres n'avaient plus de feuilles. Les gens étaient tristes à cause de la guerre et tout aussi terrifiés et pauvres, pauvres à pleurer… » La voix se brisa.

Les yeux des enfants étaient rivés sur la marionnette. Ils ne savaient pas comment c'était possible, mais la silhouette sur scène semblait s'émacier et ses joues se creuser. Leurs visages étaient sérieux et concentrés. La salle était plongée dans le silence. Hiền reprit :

« C'est alors qu'une jeune femme accompagnée de nombreux autres hommes et femmes se mit en route pour un pays étranger. Un pays où les arbres avaient conservé leur feuillage et où les usines étaient intactes. Les gens de là-bas étaient des amis, leur avait-on dit, car ils les avaient même un peu aidés à combattre le sorcier. La femme voulait gagner de l'argent pour l'envoyer à sa famille restée chez elle afin qu'ils puissent acheter du riz et des chaussures. » Le foulard vert océan de la marionnette flottait sous le vent de ce long périple.

« Jour après jour, elle assemblait des petits tuyaux dans une grande usine et envoyait chez elle la plus grande partie de sa paye. Et puis – Hiền se mit à chuchoter avec un sourire de conspiratrice –, dans le plus grand secret, elle rencontra un homme venu du même pays qui vissait des caisses jour après jour. Quand ils étaient ensemble, ils oubliaient les tuyaux et les caisses et parlaient des bateaux sur les fleuves de chez eux. De la vue au coucher du soleil et de la vue au lever du soleil. Ils s'aimaient très fort. » Hiền étreignit la marionnette et colla un vigoureux baiser sur sa joue de bois.

Les enfants pouffèrent de rire.

« Puis son ventre se mit à s'arrondir alors qu'elle ne mangeait pas grand-chose », poursuivit Hiền.

Les enfants hochèrent la tête d'un air entendu. Ce phénomène était largement répandu à Prenzlauer Berg.

« Elle était enceinte. » Hiền lâcha ces mots avec une tristesse sourde.

Les enfants souriaient obstinément. Quelle bonne nouvelle. Il n'y avait jamais trop d'enfants. Mais la marionnette, soudain pourvue d'un ventre de soie verte, baissa la tête, affligée.

« Mais il n'y avait aucun lieu pour les abriter, elle, son mari et leur bébé. Ils avaient le droit de travailler dans ce pays, mais avoir un enfant leur était interdit. Il n'y avait même pas un coin d'étable avec de la paille pour la nuit où l'enfant devait venir au monde. Ils n'auraient eu besoin que d'une toute petite étable. Mais les petites étables avaient été détruites. Il n'en restait que des grandes, et elles étaient toutes pleines. "Nous n'avons pas de place pour un enfant qui te ressemble, disaient-ils. Si tu veux avoir cet enfant, retourne dans ton pays." »

Comme par magie, la soie verte sur le ventre de Thủy se mit à enfler.

« Alors elle prit l'avion pour retourner dans le pays qui appartient à moitié à la mer. Là-bas, elle mit son enfant au monde, le confia aux bras de sa sœur et repartit pour continuer à assembler des tuyaux et envoyer de l'argent chez elle. Mais depuis, elle a mal ici, à un point juste en dessous du cœur. »

La main gauche de Thủy s'éleva doucement pour montrer l'endroit. « Et elle est triste. Surtout à Noël. Et chaque fois qu'elle voit une étable. »

Les maîtresses avaient beau être surmenées, elles n'étaient pas stupides. Elles avaient compris. Aucune d'elles n'avait connu personnellement de travailleuse contractuelle venue du Vietnam, mais elles devinèrent tout de suite que la femme sur scène à côté du petit Minh en était une, ou plutôt en avait été une, car la RDA et ses contrats de travail n'existaient plus depuis bien longtemps. L'histoire de l'enfant était-elle vraie ? Ça n'était pas possible, non ? Leurs cerveaux étaient en ébullition. Faute de savoir quoi faire de leur trouble, elles retournèrent à leur tasse de café.

Sous un air faussement impassible, le directeur se remémorait la mignonne petite Vietnamienne qui, lors de son premier stage d'été au combinat des ampoules, lui apportait les globes de verre à sa table de travail et le plongeait dans sa rêverie. Elle sous les palmiers, lui sur la plage. Elle et lui sous un soleil lointain. Un jour, elle avait disparu de la circulation. Il s'était renseigné. Son collègue de l'établi d'à côté avait haussé les épaules : « Il y en aura une nouvelle demain », s'était-il contenté de dire. Mais le contremaître avait ricané : « Il faut croire qu'elle avait autre chose en tête que le travail », s'était-il exclamé en arrondissant d'un geste éloquent la main au-dessus de son ventre lui-même d'une telle ampleur qu'il n'y avait plus grand-chose à arrondir. « Le coup classique, mais celle-là veut absolument garder le môme. Et dans ce cas : retour à la case départ. »

Deux jours plus tard, une nouvelle travailleuse vietnamienne était effectivement arrivée, et le stagiaire qui devait un jour devenir directeur d'école avait bien vite oublié sa devancière. Mais voilà qu'il la voyait aussi distinctement qu'autrefois. Et il retrouvait même le léger écœurement qui était monté en lui lorsque la voix rocailleuse du contremaître avait éclaté d'un rire graveleux.

Les enfants étaient en plein traitement des informations et tentaient de classer l'histoire de Thủy parmi l'Évangile de Noël, la Petite Sirène et le capitaine Nemo. Hiền s'était tue. Elle garda le silence jusqu'à ce qu'un enfant lui crie : « Et c'est quoi le pays où elle reste toute triste ? »

Hiền eut un petit rire. Puis elle déclara : « Il a disparu. Alors qu'il n'appartenait même pas à moitié à la mer, comme le Vietnam. Et pourtant, il a disparu.

— Alors elle a dû se noyer ! s'exclama une frêle voix pleine d'inquiétude.

— Oh ! non », répondit Hiền. D'un geste énergique, elle étendit la marionnette à l'horizontale sur les bras de Minh et les siens pour la bercer avec douceur. Des plantes sous-marines de soie verte ondulaient en rythme. « Elle sait nager ! Elle nage encore et encore, et de temps à autre elle sort la tête de l'eau et scrute les alentours pour voir si un nouveau pays apparaît. À votre avis, faut-il qu'elle s'aventure sur la terre ferme ?

— Oui ! » Les enfants étaient eux aussi de retour en terrain connu. L'un d'eux s'écria d'un ton encourageant : « Et alors tout va s'arranger ! » D'autres renchérirent : « Oui, peut-être qu'elle va pouvoir aller chercher son bébé !

— Merci, les enfants, répondit Hiền en remettant Thủy à la verticale. Merci pour cette belle conclusion ! »

Minh regardait sa grand-mère à la dérobée. Avait-elle terminé ? Elle lui fit signe que oui, et Minh salua avec Hiền et Thủy. « Merci, dit-il exactement comme il avait prévu de le faire. C'était une chose du Vietnam. »

Il y eut un tonnerre d'applaudissements. Pour la robe, pour la marionnette, pour Hiền, pour l'histoire, pour Minh.

Le directeur poussa un soupir de soulagement tout en battant des mains. Une chose du Vietnam. On pouvait dire ça comme ça. Mais elle était retombée sur ses pieds. Il n'avait pas eu besoin d'intervenir. Il n'y aurait pas de lettre du recteur pour cause d'agissements communistes. Dieu soit loué.

Minh descendit de scène en compagnie de Hiền et Thủy. « Maintenant, Thủy doit se reposer », chuchota Hiền à son petit-fils. Ils mirent donc le cap sur la sortie, la marionnette entre eux. Le concierge leur ouvrit la porte avec un empressement bienveillant comme il n'en avait pas montré depuis des dizaines d'années. La directrice adjointe continuait à tripoter machinalement la courroie du Reflex suspendu à son cou. Elle avait écouté l'étrange monologue sur scène sans pouvoir détacher son regard des gracieux mouvements de la marionnette. Alors que le trio était sur le point de quitter la salle, elle se rappela l'existence de son appareil et tenta de prendre une photo à la sauvette, mais elle n'attrapa qu'un ourlet de robe vert océan aux reflets argentés sur le pas de la porte.

Entre-temps, une grande fillette rousse était grimpée sur scène. Elle y exhiba un service à thé en argent tout en détaillant, d'une voix énergique et avec un léger accent, les avantages du thé de 17 heures pour la cohésion sociale en général et familiale en particulier. Le thé était de retour, mais cette fois avec une plus-value morale. À tous les coups, ses parents étaient professeurs, pensa le directeur qui avait par principe une dent contre les parents enseignants. Mais ceux-là avaient omis de préciser à leur fillette que le thé, loin de pousser sur les vertes collines de l'Angleterre, était récolté ailleurs, dans des conditions difficiles, pour un salaire de misère et au milieu des pesticides. Au Vietnam, par exemple, pensa le directeur pris d'un élan de solidarité socialiste qui vint soudain se nicher dans sa poitrine parce que tout s'était bien passé sur scène et que cette marionnette imprévisible avait quitté les lieux sans faire de vagues. Après tout, il avait lui aussi fréquenté le lycée polyvalent d'Allemagne de l'Est à l'époque où l'on y peignait des pancartes contre les agresseurs américains dans les vapeurs de gouache.

Plongé dans ses souvenirs, le directeur rata le reste de l'analyse historico-culturelle consacrée à la tradition du thé anglais. Mais le soir même, après le journal télévisé, bien calé avec ses lunettes sur le nez et une grille de sudoku sur les genoux, il avait tiré un trait sur le thé, le Vietnam et le socialisme. Tout comme autrefois sur la petite mignonne qui avait un beau jour cessé de venir à son établi parce qu'elle s'arrondissait sans presque rien manger et avait été renvoyé par avion à Hanoi avec son gros ventre.

Et quand, de retour à la maison, les enfants racontèrent la chose du Vietnam qui – exception faite du modèle réduit de Ferrari à l'échelle 1/20 qu'un petit Italien aidé de ses deux oncles avait remorqué sur scène sous les acclamations – avait été le clou de la cérémonie du préau, les parents sous pression en cette période de l'Avent se contentèrent de hocher la tête d'un air absent : « Le Vietnam ? Ah oui ? Mmm. Très bien. Une marionnette, tu dis ? Tu pourrais mettre la table rapidement, s'il te plaît ? »

Mais quelques-uns posèrent un instant leur fer à repasser, leur stylo ou leur couteau à pain et se figèrent en jetant un regard pensif par la fenêtre. Ils songeaient au magazine *Bummi*, une revue pour enfants d'Allemagne de l'Est aux maquettes et illustrations venues d'ailleurs, et aux deux mots qui y allaient avec. « Solidarité », qu'ils avaient su prononcer dès la crèche. Et « Vietnam », que leurs propres parents leur montraient sur l'atlas et le globe terrestre. C'était loin, très loin. Plongés dans leurs pensées, ils ne posèrent pas plus de questions et n'échangèrent pas de regards, car aujourd'hui encore, le Vietnam était loin. Mais il se rapprochait.

5

La marionnette et la grand-mère avaient une chose en commun : elles n'étaient pas sorties depuis bien longtemps. Elles avaient pris leurs quartiers dans l'arrière-boutique. Peau et bois s'étaient desséchés. Mais leur histoire était conservée au fond de leurs fibres. Et ce jour-là, elles l'avaient tirée de ces profondeurs. L'espace de sept minutes.

Hiên caressa le visage de la marionnette aux couleurs passées. « Nous ne sommes plus toutes jeunes, murmura-t-elle, mais nous ne sommes pas encore mortes. » Elle l'enroula dans une couverture moelleuse et la rangea derrière un rideau où étaient entassées l'ensemble de ses possessions. Elles tenaient sur trois étagères. Quelques vêtements, chaussures, miroirs, peignes et barrettes à cheveux. Une liasse de lettres, une boîte à photos, un classeur avec de la paperasse. Cinq minces recueils de la petite maison d'édition politique de Hanoi qui l'avait employée jusqu'au jour où une bombe était tombée sur l'imprimerie et qu'il n'avait plus été question ni d'imprimer les livres ni de les diffuser.

Un bien maigre bagage, en fin de compte. Seule la marionnette pesait son poids. Mais c'était elle qu'elle ne pouvait pas abandonner. Qui sait où Hiền serait partie avec son maigre balluchon si la marionnette n'avait pas été là ? Du bois de figuier, près d'un mètre et demi de haut, quinze kilos. Dans son socle était dissimulé un mécanisme fait de fils et de poulies permettant de la manipuler sous l'eau à l'aide de longues tiges – ce qui n'était d'aucune utilité dans cette ville bâtie sur le sable. Elle avait donc retiré les tiges et le gouvernail pour les mettre de côté.

Enfant, Hiền accompagnait son grand-père et les autres marionnettistes du village dans le delta du fleuve Rouge. Ils s'enfonçaient dans l'eau, presque aux épaules pour elle, jusqu'à la taille seulement pour le grand-père. Le souffle court, elle observait les gestes précis et délicats par lesquels il animait sa marionnette à travers le rideau de bambous. Certains objectaient que le théâtre d'eau était un art qui se transmettait de père en fils, mais le grand-père ne relevait pas. Il n'était pas un marionnettiste comme les autres et il avait bien l'intention d'inculquer son art à celle qui était, selon lui, faite pour ça : Hiền, la fille de sa fille.

Cachée derrière le rideau avec son grand-père, Hiền ne pouvait pas voir la marionnette sur l'eau. Mais elle avait appris à se représenter avec précision le moindre de ses mouvements au rythme des jeux de bras et de mains de son grand-père. Elle écoutait aussi la voix qu'il prêtait à la marionnette quand le récitant et joueur de luth était absent, ce qui arrivait souvent. Et elle entendait le public sur la rive pleurer, rire et applaudir au gré de la représentation sur le lac, crier et battre des mains. Elle aimait ces spectacles plus que tout et ne pouvait que s'imaginer manipuler un jour elle-même la marionnette et donner vie aux vieilles histoires de son pays. Un pays qui, des milliers d'années plus tôt, des inondations avait fait un art. Une danse de marionnettes.

C'était avant les guerres. Ou plus précisément : entre les guerres. Ou encore plus précisément : entre les grandes guerres. Car il y avait la guerre dans son pays depuis aussi longtemps qu'elle s'en souvenait. Tantôt plus, tantôt moins. À mesure que la première grande guerre achevée peu avant sa naissance s'éloignait et que la deuxième grande guerre approchait, les spectacles sur l'eau s'étaient faits plus rares, la crainte de se rassembler sur la rive plus grande et la tristesse de son grand-père plus vive. Il était mort la première année de cette guerre. Hiền venait de fêter ses dix ans. Il lui avait légué la marionnette : « Prends bien soin d'elle. Ne l'abandonne pas. Elle a besoin de mains pour l'aider, et elle t'aidera. » Il avait effleuré le bois de ses doigts minces et fatigués et ses yeux s'étaient emplis de larmes. Hiền avait serré la marionnette dans ses bras et laissé ses pleurs couler le long du cou de bois. Voilà ce qui lui revenait en mémoire, bien des décennies plus tard, tandis que sa propre main vieillissante caressait le corps de la marionnette qui n'avait depuis lors plus montré l'étendue de son talent – jusqu'à ce jour. Et cette fois sans eau. Mais devant des yeux d'enfants brillants, bleus, bruns, verts et gris.

« On s'en est bien sorties », lui chuchota-t-elle avant de vérifier une dernière fois que la couverture l'enveloppait correctement et de tirer le rideau devant l'étagère.

6

À l'époque, le personnel de l'aéroport Berlin-Schönefeld avait gratifié d'un regard pour le moins dubitatif le gros et lourd balluchon que Hiền, l'une des premières travailleuses contractuelles à arriver en RDA en 1980, s'était harnaché sur le dos. Il lui fallut l'enlever, dérouler la couverture et remettre la marionnette aux hommes à la mine patibulaire. Elle ne la lâchait pas des yeux et était bien décidée à quitter ce pays par le prochain avion si on s'avisait de la lui prendre. Les hommes tripotèrent les charnières de la marionnette. Ils demandèrent à Hiền d'ouvrir le socle, repoussèrent les fils, ne trouvèrent rien d'autre qu'un assemblage de tiges et de poulies et se livrèrent à un long conciliabule au sujet de ce rien. Les autres travailleurs contractuels avec lesquels elle avait fait le voyage furent obligés de patienter, et Hiền, qui avait profité de cette longue attente pour remballer sa marionnette et la remettre sur son dos, sentait sur elle des regards indignés. Finalement, l'un des employés revint et la laissa passer d'un petit mouvement de tête rogue.

Lorsqu'elle se retrouva dans cet aéroport la fois d'après, elle attendait un avion dans l'autre sens. À destination de Hanoi. Cette fois, elle n'avait pas de balluchon sur le dos, mais un bébé dans le ventre. Elle avait laissé la marionnette en gage à Gấm. Planté devant la porte de son foyer, le visage gris de désespoir, il s'était refusé à lâcher sa main, même lorsque le gardien revêche avait fait mine de sortir de sa petite guérite pour voir ce qu'il se passait. Elle avait dû tant bien que mal se défaire de son étreinte et poser sa main sur la marionnette. « Je reviendrai », avait-elle dit avant de tourner les talons.

Hiền tint parole. Elle accoucha de son enfant dans un petit village près de Hanoi. Une fille. Elle lui chuchota un nom à l'oreille et la confia à sa sœur qui partageait désormais son lait entre son fils de six mois et sa nièce nouveau-née. Sur le trajet pour l'aéroport de Hanoi, puis jusqu'à Berlin Est, la poitrine de Hiền saturée de lait non bu était si douloureuse qu'elle eut toutes les peines du monde à marcher, tenir sur ses jambes, s'asseoir et parler, tout en devant rester debout dans le bus, marcher le long des couloirs, attendre assise à l'aéroport et parler aux guichets. Mais Hiền en était reconnaissante. La souffrance de son âme aurait eu raison d'elle si une partie ne s'était pas nichée dans sa poitrine. La poitrine fut bandée. La fièvre baissa. Et au bout de quelques jours, le lait se tarit. Son âme était encore pleine à ras bord de souffrance, mais à ras bord seulement. De retour à Berlin, elle fut affectée à une autre entreprise, et un autre foyer. Plus excentré, en bordure de la ville. Le soir de son deuxième jour, Gấm l'attendait à la porte de l'atelier. Comment avait-il fait pour la retrouver ? Ils ne parlèrent pas de l'enfant. Il faut dire qu'ils parlaient très peu. Mais ils se retrouvaient dès que possible pour se sentir exister. Car sans l'autre, ils ne ressentaient rien. Quand ils étaient ensemble, la douleur aussi revenait. Mais il valait mieux se sentir exister dans la douleur que ne rien ressentir du tout.

7

Trois ans plus tard, sa mère mourut et Hiền retourna dans son pays pour assister aux funérailles. Là-bas, elle retrouva sa fille. Elle avait la chevelure indomptable de Gấm et ses mains délicates. Elle gambadait avec les autres enfants, grimpait sur les épaules de son oncle qu'elle appelait papa et se réfugia sur les genoux de sa tante quand Hiền voulut lui dire bonjour. Au milieu d'une déferlante de souffrance, Hiền sourit et caressa prudemment la main de sa fille. La petite la laissa faire en la regardant avec de grands yeux. De retour à Berlin, Hiền se mit à voir ces yeux chaque fois qu'elle fermait les siens.

C'est à cette époque que Hiền entreprit de se serrer la ceinture pour acheter une petite machine à coudre d'occasion, qu'elle gagna un peu d'argent avec cette machine une fois sa journée de travail terminée et put ainsi s'offrir une méthode de langue allemande en trois volumes. Car elle avait remarqué qu'une partie de sa tristesse se transformait en colère et que cette colère avait besoin de mots. Des mots qui devraient être compris dans ce pays – un jour. Elle en était aux premières pages du deuxième volume quand elle commença bien malgré elle à aimer les mots du pays étranger. Ces longs mots qui commençaient dans un souffle : *herzallerliebst*, « cher à mon cœur ». *Himmelhochjauchzend*, « jubilant jusqu'au ciel ». *Hochwohlgebohren*, « altesse sérénissime ».

Au troisième tiers du troisième volume, elle se prit à aimer aussi le pays. D'abord le sable fin sur la place plantée de pins devant l'usine qu'elle laissait ruisseler entre ses doigts et ses orteils nus pendant les pauses. Puis le vaste ciel que l'aride clarté du sable faisait chatoyer. Elle se renversait en arrière, les yeux levés, les pieds enfouis dans le sable, et se laissait chauffer par le soleil. Sécher ainsi entre ciel et terre lui faisait du bien. Puis elle remarqua que les gens de ce pays avaient beau être souvent bourrus et grincheux, ils étaient aussi capables de s'esclaffer de bon cœur, de lui donner un coup de main ou de glisser dans son sac quelques légumes frais de leur jardin. Ils la félicitaient pour ses progrès en allemand. En plus d'espèces sonnantes et trébuchantes, ils lui donnaient parfois un peu de chocolat, et même du café pour ses travaux de couture. Ça la consolait de ceux qui fouillaient son panier du regard quand elle faisait ses courses et se plaignaient des bridés qui vidaient les magasins des gens d'ici. Les mauvaises langues qui parlaient ainsi à tort et à travers partaient du principe que les intéressés ne comprenaient pas leurs médisances. Mais Hiền comprenait, elle comprenait de mieux en mieux. Les robes cousues par Hiền lui avaient valu une certaine réputation sous le manteau à l'usine qui se trouvait être une fabrique de tracteurs, et tout en lui glissant du chocolat et du café ou en lui confiant un morceau de tissu dans le vestiaire de l'atelier, on lui chuchotait parfois : « Produit de l'Ouest. » Au fil du temps, Hiền comprit que par ici, où on avait connu une autre grande guerre qui avait divisé le pays en deux, tant d'années s'étaient déjà écoulées que la peur et l'effroi avaient disparu du visage des gens. L'Ouest, équivalent du Sud selon l'axe cosmique de Hiền, était devenu pour les gens de l'Est, équivalent du Nord, une source de nostalgie. Un mur les séparait des belles étoffes, du bon chocolat, des fruits exotiques frais et de la liberté de découvrir Paris.

« Peut-être que l'Ouest va finir par vous revenir, comme le Sud nous est revenu », déclara Hiền un beau jour lors d'une pause café, les pieds enfouis dans le sable. Elle ne récolta que des éclats de rire sonores.

« Non, non, j'espère bien que ça sera l'inverse », s'exclama un contremaître. Le silence se fit brutalement, une collègue lança un regard effrayé à l'homme et posa son doigt sur ses lèvres. L'homme jeta un coup d'œil furtif autour de lui. Et Hiền comprit que cette histoire d'Est et d'Ouest n'était au fond pas si différente de celle du Nord et du Sud avant que le Sud ne soit redevenu Nord.

« Dommage », dit Hiền au milieu du silence tendu. Leur cigarette à la main, ses collègues de travail la toisèrent longuement en soufflant de gros ronds de fumée dans les airs.

8

Lorsque Hiền tomba de nouveau enceinte en dépit de toutes ses précautions, elle en resta pétrifiée. Les semaines passaient, elle travaillait et dormait comme une machine. Elle était incapable de le dire à Gấm. Mais Gấm posa la question. Elle acquiesça. Gấm se perdit en ruminations pendant près de un mois. Puis il lui dit : « Je vais au moins essayer. » Elle n'avait pas la moindre idée de ce qu'il comptait essayer. Et ça lui était égal.

Quelques jours plus tard, elle le trouva un soir à la porte de l'atelier et comprit de loin, à la vivacité avec laquelle il faisait les cent pas et à son petit signe de main, que sa tentative, quelle qu'elle fût, avait dû aboutir.

« Tu peux rester ici », lui dit-il quand elle l'eut rejoint.

Elle ne répondit pas parce qu'elle n'y croyait pas.

« Tu peux rester ici ! Tu as le droit d'avoir l'enfant ici. Il faudra seulement que tu retournes travailler au bout de quelques semaines. »

Hiền hocha la tête, encore incrédule.

« C'est formidable, pas vrai ? » demanda Gấm en la regardant avec inquiétude. Il était dans tous ses états et transporté de joie, et elle ne pouvait que rester plantée là à hocher la tête. Elle fut prise de vertige et s'assit sur le trottoir pour enfouir ses pieds dans le sable jusqu'à ce que ses orteils rencontrent la résistance d'une terre dure et humide.

Gấm avait pris en main la vie de son futur enfant avec l'aide de deux collègues d'atelier. Les collègues étaient au parti et savaient que dans ce pays, les choses évoluaient à la vitesse de l'éclair. Ça valait la peine de tenter le coup. On ne savait jamais ! L'un des deux était devenu père peu de temps auparavant et quand il pensait à son bébé en train de tendre ses petits bras vers lui, ses yeux se mouillaient de bonheur – lui qui n'avait aucun souvenir de la dernière larme qu'il avait versée. Pourquoi ce brave gars venu d'un pays frère n'aurait-il pas le droit lui aussi d'être heureux à en chialer ? se disait-il. Et puis, Gấm l'avait secondé plus d'une fois les jours où, épuisé devant son établi, il ne pouvait travailler qu'au ralenti, parce que le petit avait fait ses dents ou eu mal au ventre pendant la nuit. À son tour, il était prêt à se battre pour Gấm et avait enrôlé son pote, qui lui devait de toute façon un service. Lors de la réunion du syndicat à laquelle avait été conviée une grosse légume du parti, les deux collègues de Gấm prirent leur courage à deux mains, dirent : « Un mot, camarade secrétaire du parti » et lui tinrent compagnie, tournée après tournée, dans l'arrière-salle du bistro, tandis que les autres chahutaient au comptoir. On parla longuement, de tout et de rien, de solidarité internationale, de cohésion à l'usine, des joies de la famille, de l'amitié entre les peuples et des forces vives de la prochaine génération. À un moment donné, l'un d'eux fit entrer Gấm qui attendait dehors. On but du schnaps, on se donna l'accolade. Pourvu que ça soit un garçon. On ne va pas jeter le bébé avec l'eau du bain, pas vrai ? On n'est pas des monstres, quand même, hein ? Et en cas de problème, venez me voir... Et c'est ainsi que la voie fut ouverte à l'un des premiers enfants vietnamiens qui devaient voir le jour à Berlin-Est.

Hiền restait sur ses gardes et redoutait qu'à la lumière du jour, et tout bien réfléchi, les camarades ne changent leur fusil d'épaule. Mais peu à peu, après la retenue et la peur, la joie d'avoir un enfant se mit à grandir en elle, une joie irrésistible, impérieuse, qu'elle n'osait pas laisser voir sur son visage, tout comme elle s'efforçait de cacher sous de larges chemises son ventre en train de s'arrondir. À l'exception de quelques femmes au nez creux, personne à l'usine n'en sut rien. Et précisément parce que ces femmes avaient le nez creux, les choses en restèrent là. Pendant la pause, l'une d'elles glissa à Hiền un bout de papier avec un nom et une adresse.

Dete Schultz, Friedrichshain 7. Et en dessous, écrit en majuscules et souligné, le mot « sage-femme », que Hiền dut chercher dans le dictionnaire une fois rentrée chez elle. Le jour suivant, elle adressa un sourire reconnaissant à sa collègue. Celle-ci lui répondit d'un clin d'œil de conspiratrice.

9

Quand l'heure fut venue, Gấm sonna chez les Schultz et aida Hiền, dont le front était perlé de sueur, à monter les quatre étages. Derrière la porte des Schultz, l'atmosphère était bruyante et enjouée. Gấm toqua. Une grande jeune femme aux boucles rousses ouvrit la porte avec entrain et comprit la situation au premier coup d'œil. Elle écrasa contre le chambranle la cigarette qui pendait au coin de ses lèvres et fit le vide dans son appartement en deux mots brefs jetés par-dessus son épaule tout en se hâtant de débarrasser Hiền de son manteau et de pousser du pied la porte qui menait à la chambre à coucher grande comme un mouchoir de poche. Les invités s'exécutèrent. Ils avaient l'air d'être habitués. Deux bouteilles de bière à moitié vides entre les doigts, le dernier ferma la porte d'un coude agile avec autant de discrétion et de précaution que si le bébé avait déjà été là.

« Premier enfant ? » demanda Dete.

Hiền secoua la tête et leva deux doigts, la respiration coupée par une contraction.

« Dans ce cas, ça va aller vite », dit Dete avant de glisser un lange épais sous les fesses de Hiền et d'ouvrir sa mallette. Gấm restait planté debout, les bras ballants. « Assieds-toi », lui ordonna Dete. Il s'installa par terre et entreprit de compter les minuscules cases du tapis à motif moutarde tout en tentant de faire descendre son souffle court dans son ventre pour calmer les battements de son cœur.

« Tu as le droit de crier, finit par dire Dete quand des gémissements de douleur vinrent se mêler aux halètements de Hiền. C'est presque fini. Je vois déjà la petite tête noire. » Et se tournant vers Gấm : « Va chercher des serviettes dans la salle de bains. »

Heureux de pouvoir être utile, Gấm se rendit dans la petite salle de bains voisine contre les murs desquels étaient entassées des centaines de serviettes soigneusement pliées de toutes sortes et de toutes les couleurs. Il avait le tournis de s'être levé trop vite, et les étoffes multicolores dansaient devant ses yeux. Il s'appuya un moment contre la porte en s'agrippant au lavabo. Une fois qu'il eut repris ses esprits, il tira un tas de serviettes de la longue étagère en bois audessus de la baignoire. Avant même d'avoir franchi le seuil de la chambre, il entendit les pleurs timides d'un enfant – son enfant !

« Tu peux entrer, dit Dete. Il est beau comme tout. » Gấm se figea sur le pas de la porte, le tas de serviettes posé comme un gâteau d'anniversaire en équilibre sur ses bras tendus, et sourit de toutes ses dents. Hiền ne l'avait encore jamais vu sourire ainsi. Dete l'accompagna d'un éclat de rire.

« Apporte les serviettes, dit-elle. À moins que tu comptes laisser ton petit mourir de froid ? »

Gấm tituba à travers la chambre pour rejoindre Hiền et son fils qui reposait contre sa poitrine, épuisé, recouvert du léger fichu bleu et blanc que Dete avait à l'instant encore autour du cou.

Lorsque Hiền sentit le petit corps chaud et gluant contre elle, son cœur se mit à déborder d'amour. Pour cet enfant qui avait arraché la vie à son corps racorni et son âme desséchée. Pour Gấm qui avait bu du schnaps avec le gros bonnet. Pour ce pays qui était capable de changer. Pour cette belle jeune femme qui avait enlevé son foulard afin d'en emmitoufler le bébé. Pour sa fille qui se trouvait à des milliers de kilomètres de là et ne saurait jamais rien de tout ça. Un sanglot rauque qu'elle ne put ni contenir ni retenir lui monta aux lèvres. Gấm lui tenait la main, et Dete essuyait de temps à autre son visage baigné de larmes d'un coin de serviette.

« Ça suffit comme ça, dit-elle au bout d'un moment. Qu'est-ce que le petit va penser de nous ? On se croirait dans la vallée des larmes. Dites-moi plutôt comment il va s'appeler ? » Hiền regarda Gấm.

« Dũng, déclara-t-il. Ça veut dire fort et courageux. Trần, nom de famille ; Văn, deuxième prénom ; Dũng, prénom.

— Très bien, répondit Dete en commençant à remplir le bordereau de l'administration. Ça change. »

Elle écrivit ce qu'elle avait entendu : Trần van Sung.

« Sung, dit-elle à mi-voix en regardant le bordereau avec satisfaction. On dirait une brise d'été chaude. Et ça ne sera pas de trop par ici. »

10

Hiền et Gấm voyaient bien qu'un vent chaud soufflait à travers le pays, toujours plus fort, toujours plus lourd, mais ils restaient à l'abri. Ils parlaient à mi-voix, gardaient les yeux baissés, amenaient Sung, le tout petit étranger, à la crèche, couraient du tram à l'usine et de l'usine au tram, allaient chercher Sung. Ils grimpaient sur la pointe des pieds l'escalier qui menait à leur studio au quatrième étage d'un immeuble sur lequel, s'il s'était agi d'un bateau, ne se seraient embarqués que les trompe-la-mort. Les fenêtres de l'appartement étaient si mal isolées et le poêle si petit et vétuste que dès l'arrivée de la première brume automnale, le froid s'emparait de leur corps et le linge humide mettait des jours à sécher. Le soir venu, ils s'attablaient emmitouflés dans leurs manteaux pour ingurgiter un peu de chaleur sous la forme d'une soupe brûlante. À travers les poutres qui bloquaient la porte vitrée menant au balcon croulant, ils observaient avec inquiétude les rassemblements chaque jour plus denses, le défilé des forces de l'ordre et les bougies aux fenêtres. Quand Sung se réveillait en pleurs pendant la nuit, ils lui fourraient aussitôt une tétine dans la bouche. Le souvenir de la guerre leur revenait, avec la crainte d'un nouveau conflit. Nord contre Sud ou Est contre Ouest – ils savaient que les points cardinaux ne comptent plus quand s'élève la fumée des bombes.

Dete ne se contenta pas de mettre Sung au monde et d'adapter avec une sage prévoyance son nom au répertoire phonétique de son pays natal : elle contribua aussi largement à ce qu'il obtînt la boutique grâce à laquelle il gagnerait sa vie.

Quelques semaines après que l'Est fut revenu à l'Ouest, exactement comme le collègue de Hiền l'avait prédit et sans la moindre guerre, Dete sauta de son vélo à toute allure pour intercepter Gấm qui rentrait du travail, bien conscient que c'était une des dernières fois, car il n'allait plus longtemps avoir le droit de s'y rendre. Lui et ses collègues vietnamiens seraient les premières victimes des licenciements à venir.

Dete n'avait pas perdu les Trần de vue. On pouvait même dire qu'elle ne les avait pas lâchés des yeux. Elle passait de temps à autre, apportait des barboteuses de seconde main, s'amusait avec Sung et leur laissait de la crème pour ses fesses irritées et de la tisane faite maison. De son œil discret de couturière expérimentée, Hiền avait pris ses mesures et cousu une robe de soie de la couleur de ses cheveux. Elle lui allait comme un gant. Dete était montée sur une chaise pour se voir dans le miroir à la faveur du contre-jour tardif venu de la fenêtre. Sur un petit nuage, elle se tournait et se retournait, et Hiền et Gấm s'étaient précipités pour retenir la chaise des deux côtés sous les gloussements de Sung.

« Dis-moi, demanda Dete à Gấm ce jour-là, vous n'auriez pas envie d'une petite boutique ? Mon oncle part de l'autre côté avec armes et bagages. Et il n'y a plus personne pour tenir la boutique au coin de la rue, alors que les rayons sont encore pleins. Des produits de l'Est et de l'Ouest, imagine un peu. Et nous, on se retrouve le bec dans l'eau et on doit aller faire nos courses je ne sais où. Quel sale petit traître. » Elle prononça ces mots sur le ton de la plaisanterie et dans un éclat de rire, mais à l'étincelle de rage au fond de ses yeux, Gấm comprit que c'était sérieux – autant le jugement qu'elle portait sur son oncle que sa proposition de reprendre la boutique.

« Mais comment faire ? s'enquit Gấm.

— Ça vous dit ? » répondit Dete.

Gấm hocha la tête. Et Dete en fit autant d'un air satisfait avant de remonter d'un bond sur son vélo. « Il faut que ça soit à bon prix et ouvert le plus souvent possible, même le dimanche ! » cria-t-elle encore à Gấm en tournant au coin de la rue.

Dete fit jouer ses contacts. Ce n'étaient pas n'importe quels contacts, car voir une petite famille vietnamienne à la situation administrative on ne peut plus précaire reprenne une boutique relevait du miracle. Mais le miracle eut lieu. Et en toute simplicité : peu de temps après cette conversation, Dete passa chercher les Trần, ouvrit la boutique qui donnait effectivement l'impression que son propriétaire n'était parti que pour cinq minutes et fit tinter le trousseau de clefs sous le nez de Sung qui s'en empara avec des petits cris de joie. « C'est à toi », lui dit Dete avant de se tourner vers Gấm et Hiền : « Allez, filez à l'intérieur ! Je veux mes petits pains demain matin. »

Il fallut un peu plus de temps, mais Dete eut tout de même droit, dès le lendemain matin, à du pain croustillant à la confiture et à une tasse de café soluble. Elle entreprit ensuite de sillonner la ville en compagnie de Hiền, de marchés en grossistes, pour distribuer et récolter des signatures. Gấm improvisa un petit parc pour Sung, récura la boutique et organisa les produits abandonnés dans les rayons. Les livraisons arrivaient au compte-gouttes, et Dete finit par avoir ses petits pains frais le matin et sa bouteille de vin le soir, les petites vieilles leurs pommes de terre avec un morceau de céleri le midi et les enfants leurs bonbons à la sortie de l'école. C'était l'époque folle où tout était possible. Un mot comme *Ladenschlussgesetz* – réglementation sur la fermeture des magasins – ne signifiait rien, et les Trần ne l'auraient de toute façon pas compris. Leur magasin était ouvert presque vingt-quatre heures sur vingt-quatre. Les gens du quartier débarquaient de nuit comme de jour et y trouvaient tout ce dont ils avaient besoin. Et parce que ça n'était pas cher, parce que la femme parlait bien allemand et que l'homme avait un sourire accueillant et offrait toujours une pomme en cadeau, parce qu'un adorable petit garçon aux yeux sombres et pétillants y crapahutait sur le sol et acceptait sans broncher les caresses sur ses cheveux soyeux, il n'y avait plus moyen de faire machine arrière. Si une administration quelconque avait tenté de les priver de leur épicerie de quartier, les habitants seraient aussitôt descendus dans la rue en brandissant des pancartes. Alors qu'on payait encore en marks est-allemands, la boutique des Trần était un fait accompli.

Son assortiment grandissait et se diversifiait, et les Trần se transformaient avec lui. Gấm était devenu un propriétaire radieux. Le gris avait disparu de son visage, il riait et plaisantait de bon cœur. Hiền avait le regard lumineux. Elle se laissait pousser les cheveux et avait l'impression d'être une jeune fille. Sung apprenait à marcher, à parler. Ailleurs dans ce nouvel État dont on ne savait pas encore exactement ce qu'il était et ce qu'il pourrait devenir, leurs compatriotes ne s'en sortaient pas aussi bien. Les Trần entendaient les nouvelles à la radio. Ils voyaient à la télévision des images inconcevables pour eux. Un foyer en feu et des gens qui assistaient à la scène avec jubilation.

Mais les clients des Trần venaient se poster devant leur boutique en s'exclamant « incroyable » et « bande de salopards ». Ils prononçaient ces mots d'une voix forte et menaçante, histoire que tout le monde les entende et que les intéressés comprennent bien le message. Les Trần étaient soulagés. Pourtant, la peur revint leur tenir compagnie quelque temps. Et souvent, à la nuit tombée, Gấm se mettait à la fenêtre pour faire le guet. Mais de cette fenêtre, il ne voyait que des gens qui allaient au travail ou rentraient chez eux. Des gens qui partaient faire la fête ou en revenaient. Et parmi eux, dans l'un ou l'autre de ces groupes, l'incontournable Dete, qui n'oubliait jamais de lever rapidement les yeux pour leur faire signe quand elle passait à vélo devant la boutique. Leur ange gardien à eux.

Le temps de la peur passa, mais le quartier ne cessa pas pour autant de se métamorphoser. Certains partirent, d'abord pour fuir le chauffage au poêle, puis pour fuir les nouveaux arrivants qui changeaient le visage de leur quartier. Les jeunes gens étaient de plus en plus nombreux à venir s'installer dans les vieux immeubles abandonnés par d'autres. Ceux qui partaient étaient d'ici, ceux qui arrivaient venaient de partout. Les Trần observaient, s'étonnant de ce va-et-vient et tentant de conquérir la nouvelle clientèle sans perdre l'ancienne. Les nouveaux venus ne faisaient plus leurs courses « chez les Trần », mais « chez le Vietnamien ». Puis « chez le Vietnamien » devint de plus en plus générique, car il n'y avait plus seulement les Trần, mais un nombre croissant de petites boutiques vietnamiennes, fruits et légumes, fleurs, ateliers de couture et kiosques, puis les premiers restaurants. Mais les Trần avaient toujours bien assez de clients et du travail par-dessus la tête.

Sung alla à l'école en aidant à la boutique l'après-midi. Sung passa le bac en aidant à la boutique le soir. Sung commença à étudier l'archéologie en aidant à la boutique de bon matin. Les journées des Trần se suivaient et se ressemblaient, mais dans ce labeur identique du matin au soir, ils se sentaient comblés de bonheur – plaisantant avec les clients, épluchant des ananas et des mangues pour les disposer en tranches dans des barquettes, s'intéressant aux nouveaux produits et essayant de voir quel article hors du commun ils pourraient bien proposer, tandis que le soleil du printemps parvenait enfin à franchir les toits dès le matin pour éclairer l'enseigne de la boutique, ou que la première neige d'hiver arrivait et que les parents, flanqués de leur progéniture avec la goutte au nez, s'arrachaient les luges de l'année passée.

11

Et puis Gấm mourut. Après un accident avec son fourgon, sur une chaussée glissante au petit matin. Hiền et Sung se rendirent à l'hôpital. Gấm était inconscient. Hiền comprit qu'elle allait le perdre et voulut le ramener à la maison, dans le lit au-dessus de sa boutique. Sung parla avec l'infirmière. L'infirmière alla chercher le médecin. Sung posa la question. Le médecin secoua la tête. Il secoua la tête si vivement qu'il ne put plus du tout s'arrêter. Il secoua la tête en contrôlant les appareils, il secoua la tête en se lavant les mains, il secoua la tête en donnant ses instructions à l'infirmière et secoua encore la tête en franchissant la porte sans un regard en arrière. « Je suis tellement désolée », chuchota l'infirmière, les larmes aux yeux, avant de remonter la couverture sur Gấm. Il devait mourir le soir même. Sur son visage, Hiền chercha le sourire avec lequel il l'avait accueillie autrefois à la porte de l'atelier. Elle le trouva et s'y accrocha jusqu'à ce qu'il pousse son dernier soupir.

Bras dessus bras dessous, Hiền et Sung quittèrent l'hôpital. Sung venait de fêter ses vingt ans. Lorsque, le matin suivant, il ouvrit la boutique et posa à côté de la caisse une photo de son père, Hiền l'interrogea à voix basse sur ses études, songeant à son rêve de gratter le sol à la recherche de tessons de vase, de mosaïques vieilles de plusieurs millénaires sous un soleil brûlant. « Plus tard, peut-être », répondit Sung en détournant le visage. Hiền hocha la tête et entreprit de trier les fruits et les légumes tandis que les larmes roulaient sur ses joues.

Ils essayèrent de tenir la boutique à deux. La boutique commença par regimber. Comme pour montrer elle aussi son chagrin, elle exposait ses rayons vides quand une commande avait été oubliée ou qu'un fournisseur restait introuvable. Où Gấm commandait-il les allumettes géantes avec des étoiles sur le paquet ? Et comment avait-il dégotté le beurre de Bretagne demi-sel ? Parce que Gấm n'était plus là, il manquait une voix pour tout unir, et la mélodie familière de la boutique laissait place à un fond sonore saccadé qui tourmentait Hiền et Sung. Parce qu'aucun des deux ne comprenait le système électrique complexe avec lequel Gấm éclairait la boutique, ils finirent plongés dans l'obscurité à la suite d'un court-circuit et durent fermer en plein après-midi. Mais peu à peu, ils parvinrent à s'y retrouver, même dans les domaines dévolus à Gấm. La boutique tournait de nouveau. Mais elle n'était plus source d'anecdotes à raconter le soir au dîner pour faire rire ou échauffer les esprits avant que le calme revienne.

La boutique avait besoin d'une vraie famille. Lorsque la période de deuil fut terminée, Sung demanda à la fille de l'atelier de couture situé quelques immeubles plus loin si elle voulait fonder cette famille avec lui. Elle voulait bien. Ils aménagèrent le petit appartement au-dessus de la boutique. Hiền s'installa avec sa poignée d'affaires et Thủy dans l'arrière-boutique à côté de la réserve. Une année plus tard, Minh venait au monde. Quand elle le prit dans ses bras et que la joie de voir cet enfant se mêla à la tristesse de penser que Gấm ne le connaîtrait jamais, ses vieilles cicatrices recommencèrent à lui faire mal. Souvent, elle tirait le rideau de côté et observait longuement le visage de la marionnette, soufflait sur les méthodes de langue allemande pour enlever la poussière et les feuilletait jusqu'à trouver un point qu'elle ne maîtrisait pas encore pour s'exercer. Par exemple les subtilités de l'avenir, futur simple et futur antérieur, futur modal et futur conditionnel : *es wird sein, es wird gewesen sein, es würde gewesen sein, es werde sein – können…*

Jusqu'à ce qu'un après-midi, Minh, son cartable encore sur le dos, vienne la voir et lui demande un bien culturel du Vietnam. Il en avait besoin pour l'école, lui dit-il. Dès demain.

12

Dans la nuit qui suivit l'apparition de Thủy, l'enseignante en arts plastiques Jana Kripke, professeure principale de la 4e C, rêva d'elle et se réveilla le lendemain matin avec la ferme intention, premièrement de fabriquer des marionnettes de ce type avec les enfants, et deuxièmement de s'en servir pour protester contre le manque de place dans les écoles du quartier. Sous prétexte d'optimisation de l'espace, on venait de priver les élèves de 4e de leurs salles de vie sans aucune contrepartie. Trente enfants dans 30 mètres carrés, de 8 à 16 heures, avec cartables, sacs de sport, livres, cahiers et jeux. En hiver venaient s'y ajouter les épais manteaux souvent trempés, avec les bonnets, les gants et les bottes. Trop de décibels, pas assez d'oxygène. Toilettes malodorantes, fenêtres moisies, crépi effrité, crochets de vestiaire et rideaux disparus. Selon le directeur, selon le rectorat, selon la conseillère municipale aux affaires scolaires, selon le sénat, l'argent manquait.

Jana Kripke ne s'en laissait pas conter. Pour elle, il s'agissait d'un manque de volonté. Et d'un manque d'imagination. Et d'un manque d'incitation. Et d'un manque d'information. Les gratte-papiers des journaux auraient mieux fait d'écrire sur les écoles de Prenzlauer Berg, pensait-elle, plutôt que sur les poussettes, le café au lait et les appartements de luxe d'une poignée d'enfants privilégiés dont les parents venaient de Düsseldorf, Stuttgart et Hambourg. La marionnette était robuste à souhait. *Du bois contre les têtes de pioche.* Elle inventait dans sa tête des slogans pour sa campagne. *Les marionnettes dansent contre l'immobilisme de l'administration scolaire.* Oui, elle allait faire en sorte que les marionnettes poursuivent ces messieurs les politiciens jusque dans leurs rêves. Elle s'y voyait déjà. Guillerette comme elle ne l'avait pas été depuis longtemps, elle dévala les escaliers de la barre d'immeubles est-allemande des années 1970 partiellement rénovée en chantonnant le dernier tube qui passait en boucle à la radio. La locataire du rez-de-chaussée, en retraite anticipée du fait des conséquences physiologiques de son aigreur chronique, tendit l'oreille. « Celle d'en haut a retrouvé un jules », lança-t-elle à son mari. Mais elle était loin du compte. Celle d'en haut avait seulement retrouvé son entrain. Et ce n'était pas à cause d'un nouveau jules, mais d'une vieille marionnette du Vietnam.

Après l'école, Jana Kripke se rendit à la boutique de Sung pour y acheter du thé et des petits gâteaux, et demander innocemment à la caisse où était la grand-mère de Minh. Si Sung fut étonné, il n'en montra rien et la conduisit à l'arrière où Hiền confectionnait les petites compositions de Noël exposées devant la boutique. Il les laissa toutes les deux. Plus d'une heure plus tard, alors qu'il était dans la rue en train d'aider un fournisseur à faire son créneau, Sung vit l'enseignante quitter la boutique. Elle avait un bout de papier à la main et lui fit signe gaiement. Sung lui répondit poliment. Il n'y comprenait rien, mais de bonnes relations avec l'école ne pouvaient pas nuire à la famille. Puis il n'y pensa plus, car il avait du pain sur la planche.

Ce n'est que quelques jours plus tard, lorsque la professeure principale de la 4e A se présenta et réclama elle aussi sa mère, qu'il se mit à cogiter pour de bon. Il assembla les pièces du puzzle et demanda à son fils ce que cette histoire de bien culturel avait donné. Minh lui fit un petit compte rendu factuel : avec la marionnette en bois cachée derrière le rideau, la grand-mère avait raconté une sorte de conte de Noël à la vietnamienne qui avait plu à tout le monde, car il y avait eu beaucoup d'applaudissements. Comme il ne voyait là rien de mystérieux ni d'inquiétant, Sung hocha la tête avec soulagement et caressa les cheveux de Minh avant de retourner contrôler les fruits.

La prof de la 4e A ne resta pas aussi longtemps que celle de la 4e C, mais elle aussi quitta la boutique de

Sung d'excellente humeur. Elle était tombée amoureuse de la soie vert océan et n'avait rien pu trouver ne serait-ce que d'à peu près comparable dans cinq magasins spécialisés de la capitale, jusqu'au fin fond de l'Ouest. Dans l'arrière-boutique de Sung, elle s'était vu offrir non seulement une pièce de cette étoffe qui suffirait pour une robe d'été pile à la bonne longueur, mais aussi un patron de couture. Elle voyait déjà la robe. Elle se voyait déjà dedans. Elle s'appelait Undine et avait l'impression d'avoir attendu toute sa vie cette soie vert océan – qui lui était destinée en vertu du nom de nymphe dont on l'avait baptisée trente-six ans auparavant. L'idée qu'elle aurait pu faire quelques emplettes dans la boutique en guise de remerciement ne lui vint à l'esprit que lorsqu'elle ouvrit la porte de son appartement et pensa à son frigo vide. Undine était certes coquette et frivole, mais ce n'était pas une mauvaise personne, et elle décida donc de faire ses courses hebdomadaires dans la boutique de Sung dès le lendemain. Peut-être y avait-il aussi du fil à coudre vert océan…

13

Il y avait bien sûr du fil à coudre vert océan – tout comme du vert mousse, du vert tendre, du vert sapin, du vert olive, du vert tilleul, du vert émeraude et du vert bouteille. Dans la boutique de Sung, on trouvait à peu près tout. Pas seulement parce que Sung commandait à tour de bras, mais aussi parce qu'il y avait toujours des reliquats des commandes précédentes. Aux yeux de Sung, les retours étaient purement et simplement déshonorants. Même pour la presse quotidienne : on ne pouvait pas renvoyer comme ça toute une journée d'où elle venait. Il risquait toujours de se présenter quelqu'un le lendemain matin qui n'en avait pas fini avec la veille et souhaitait bénéficier d'une séance de rattrapage. Gấm en son temps avait été d'une loyauté à toute épreuve envers ses marchandises, c'est-à-dire – outre les fils à coudre de toutes les couleurs – envers les ouvre-bouteilles, les blocs-notes, les ballons, les cuillères en bois, les toiles cirées, les bocaux en verre, les boîtes d'allumettes, les serpentins, les chauffe-biberons et les coupe-œufs, les adaptateurs, les sacs d'aspirateurs, les bougies d'anniversaire et les peaux de chamois de tout poil. Si elles ne partaient plus, elles avaient quand même le droit de rester. Comme une façon de leur dire : « Vous avez fait tourner la boutique, je ne vais pas vous brader sous prétexte qu'une nouvelle génération d'ouvre-bouteilles, de bloc-notes ou de ballons est apparue. » Dans la boutique des Trần, l'ancien et le nouveau coexistaient en paix. Ça n'était pas un mauvais calcul économique, car il n'était pas rare que quelqu'un entre en disant : « Avant, on trouvait ça… et ça… » Alors on poussait quelques cartons de côté pour présenter au client ravi le dernier exemplaire de l'article convoité. C'est ainsi que bien des années après la réunification, des produits de l'Est pouvaient encore être dénichés dans certains recoins de la boutique – ce qui avait plus d'une fois dessiné un doux sourire sur les lèvres des anciens habitants.

Sung lui-même était plus collectionneur que commerçant. Non content d'épargner les invendus, il leur réservait les meilleures places dans les rayons. C'était la raison pour laquelle nombre de gens du quartier fréquentaient si volontiers sa boutique : on venait pour faire ses courses, mais aussi pour le plaisir. Et tout comme ces articles d'un autre temps, les clients n'avaient pas à avoir honte. Ni les vieux, ni les jeunes, ni les ni-jeunes-ni-vieux. Les vieux venaient le matin et ne résistaient que rarement à la tentation de glisser dans leur panier un flacon de 0,375 litre de liqueur aux œufs est-allemande, trahissant par là un petit vice contracté jadis. Les enfants venaient en début d'après-midi. Du bout des doigts, ils attrapaient timidement un paquet de cartes à collectionner ou des bonbons au fond des casiers bien qu'on leur rabâche à longueur de journée que les unes ne servaient à rien et les autres étaient mauvais pour les dents. Les ni-jeunes-ni-vieux venaient après le travail et pouvaient acheter aussi bien bio et viandard sans redouter de sourcils froncés que bio et vegan sans être étiquetés « bobo berlinois ». À la caisse, un sourire toujours accueillant et courtoisement indifférent au contenu du panier absolvait tous les péchés d'emplettes, petits ou grands.

Quand il arrivait que s'égare dans la boutique quelqu'un qui ne comprenait pas de lui-même son fonctionnement – quelqu'un que la vie avait peut-être un peu trop choyé ou choyé aux mauvais endroits et qui, pour cette raison, se sentait obligé de lâcher un « C'est pas bien grand ici » ou un « Il n'y a pas de deuxième caisse ? » –, on décidait rapidement si on allait ou non lui venir en aide. Car jamais un autre client ne se joignait à ce genre de lamentations. Ici, il convenait de se faire tout petit entre les rayons pleins à craquer qui vous évitaient en fin de compte une petite trotte jusqu'au prochain magasin spécialisé. Sept jours sur sept, du matin jusqu'au soir. Et l'unique caisse était en fait si rapide qu'on avait à peine le temps de faire un brin de conversation avec ses voisins eux aussi en train d'acheter le nécessaire pour le repas du soir. Et puis, il était toujours possible de s'évader de la queue en quelques respirations – de rentrer en soi et de s'entraîner aux virages en espace réduit, de sourire et de méditer. Que demander de plus ? À défaut de trouver un écho à leurs revendications déplacées, les râleurs avaient droit à une leçon de patience citoyenne. Soit ils comprenaient, prenaient place dans la queue et revenaient à la boutique, soit ils secouaient la tête, posaient leur panier et disparaissaient à tout jamais.

La boutique de Sung tenait donc à la fois du service de dépannage, du point de rencontre entre riverains, de l'entraînement mental et du musée. Une véritable curiosité dans un quartier où proliféraient les boutiques adeptes du minimalisme. La poterie avec ses caisses pleines de tasses fêlées et donc uniques tout en restant utilisables était partie pour le Brandebourg, et derrière sa vitrine de cinq mètres sur trois, les nouveaux propriétaires avaient exposé en tout et pour tout un vulgaire morceau de savon d'à peine 150 grammes. Il était disposé sur une couche de paille et agrémenté de cristaux de sel venus des sommets de l'Himalaya, ainsi que d'une étiquette indiquant un prix qui laissait supposer que le savon était soit un miracle cosmétique, soit une antiquité, soit fait d'or massif. L'ancienne boulangerie avec ses gâteaux au glaçage blanc et rose et ses guêpes en folie avait fermé ses portes, et dans la devanture on trouvait désormais trois somptueux foulards en cachemire tissé main formant un subtil dégradé de couleurs. Sans étiquette. Impossible de dire s'ils étaient à vendre ou non. Il ne serait jamais venu à l'idée de Gấm et Sung de décorer une vitrine. Ils n'avaient pas de place pour les fanfreluches, et leur stratégie publicitaire se limitait à tourner les pommes du bon côté dans leurs corbeilles devant la boutique et à garder l'enseigne propre.

À Prenzlauer Berg, il restait encore une poignée de boutiques de ce genre où les objets comptaient plus que les goûts raffinés de leurs propriétaires. D'anciennes boutiques de Berlin-Est où on aurait considéré comme inepte de faire le tri pour mettre un seul produit en valeur. On préférait miser sur la motricité fine des clients, qui devaient évoluer avec souplesse entre les rayons surchargés et savoir extraire l'article convoité d'empilements périlleux. Mais en contrepartie, on y trouvait à peu près tout ce que seuls une quincaillerie, une papeterie ou un magasin de vélos étaient susceptibles de proposer – et même un peu plus, au cas où. Dans l'ancienne papeterie qui défiait la grande enseigne de fournitures de bureau installée juste en face, à condition de fouiller avec un peu de patience et d'agilité, on pouvait dénicher des copies doubles à losange. À la quincaillerie, il était possible d'acheter des vis à l'unité et de revenir les échanger si elles ne convenaient pas. Plus de vingt couleurs et tailles de caoutchoucs à bocaux et de pinces à linge y étaient disponibles, ainsi que des plaques de cuisson au format d'avant-guerre. Et dans l'ancien magasin à vélos, on faisait aussi un peu de contrebande, comme au temps de l'Allemagne de l'Est : des repose-pieds venus des Pays-Bas qui servaient de selle d'appoint permettant de caler les enfants au niveau du guidon pour les trajets express entre l'école et la maison – un bon moyen pour fendre le vent joue contre joue en révisant le vocabulaire, discutant des résultats sportifs, passant la main dans les cheveux de sa progéniture ou lui collant un baiser sur le front – autant de pratiques strictement interdites par le code de la route de l'Allemagne réunifiée, *a fortiori* sans casque, raison pour laquelle ces repose-pieds étaient vendus sous le manteau à ceux qui savaient précisément ce qu'ils voulaient.

Tout comme celle de Sung, ces boutiques jouaient à la fois le rôle d'entreprise familiale, d'inventaire, de café du commerce, de dépôt de colis et de dernière chance pour les pannes de levure, de valves, d'ampoules ou de cartes de vœux en fin de journée. Mais il y a bien une chose qu'elles n'étaient pas : des commerces. Voilà pourquoi certaines de ces boutiques d'une résistance à toute épreuve étaient déjà à bout de souffle lorsque Prenzlauer Berg, qui avait d'abord été grise, puis colorée, avant de devenir un poil trop riche sur les bords, entra en ébullition et qu'un certain nombre de commerces se transformèrent ou retransformèrent en boutiques pleines de couleurs et de vie – à croire qu'elles se voyaient déjà installées sur la Mã Mây, la Hàng Bạc ou la Hàng Buồm, les rues les plus animées du cœur historique de Hanoi.

14

Lorsque Undine eut acheté le fil à coudre vert océan ainsi que des provisions pour les trois semaines à venir, elle se confectionna sa robe d'été, avec sur les côtés deux audacieuses fentes sous lesquelles un large pantalon blanc serait aussi d'un bel effet les jours de froid. Elle accrocha avec satisfaction son ouvrage à la porte de son armoire et se mit à attendre impatiemment l'été pour lequel elle se sentait particulièrement bien parée cette année. Elle avait l'impression fébrile et agréable d'avoir une longueur d'avance. Mais c'était sans compter les petites filles de 2e.

Pendant les vacances de fin janvier, après les bulletins semestriels, alors que la pluie maussade tombait à verse et qu'elles se traînaient de chambre en chambre comme des âmes en peine, leurs poupées Barbie sous le bras, elles eurent tout le loisir de se pencher sur le problème encore irrésolu de leur déguisement de carnaval. Elles passèrent leurs placards en revue et constatèrent que les panoplies de fée et de reine étaient devenues un peu trop petites, un peu trop miteuses, un peu trop quelconques.

« La robe de la dame à la marionnette était chouette, dit l'une d'elles.

— C'était la grand-mère de Minh », dit une autre.

Elles hochèrent la tête de conserve et furent bientôt du même avis : impossible de continuer à vivre sans une robe comme celle-là pour le carnaval. S'il te plaît, s'il te plaît, s'il te plaît.

Les mères à bout de nerfs se téléphonèrent à la chaîne. L'une d'elles avait appris l'existence du marché vietnamien par une touriste française qui lui demandait son chemin – c'était excentré, mais à moins de vingt minutes. On envoya une délégation : trois mères et cinq fillettes. Elles s'enfoncèrent dans ces halles aux dimensions et à l'organisation improbables. Était-on encore en Allemagne ? Il y avait des odeurs de légumes étranges, des murs et des emballages couverts d'une écriture indéchiffrable et, tout autour d'elles, une langue qu'elles ne comprenaient pas. Les petites filles avaient soif de découverte et, à défaut de trouver la robe de la grand-mère de Minh, elles mirent la main sur quantité d'équivalents en soie rose. Les mères donnèrent leur accord, satisfaites des prix étonnamment bas et rendus encore plus avantageux par le tarif dégressif. Il y avait même là un pantalon asiatique bleu et un chemisier en soie tout à fait à leur goût. Elles s'attablèrent ensuite au restaurant au milieu des grandes familles vietnamiennes et dégustèrent une soupe de nouilles comme elles n'en avaient encore jamais mangé, avant de prendre le chemin du retour, heureuses, revigorées et encore un peu émoustillées par ce voyage dans le lointain. Tout en se dirigeant vers la sortie, l'une des mères attrapa un grand chapeau de paille – de ceux que l'on voit dans tous les prospectus touristiques – pointu avec de larges bords sombres.

Cette année-là, le hasard voulut que le carnaval allemand et le nouvel an vietnamien tombent pratiquement en même temps. Mais personne ne s'en aperçut, car les Vietnamiens fêtaient la nouvelle année dans l'intimité de leurs foyers. Leurs boutiques restaient ouvertes, ils faisaient le service, retouchaient les habits, s'affairaient en cuisine, vernissaient les ongles et envoyaient leurs enfants à l'école comme le voulait la routine allemande du milieu du mois de février. Seule Hiền, qui vers 14 heures le jour du Tết était en train d'attendre Minh dans la neige boueuse devant la boutique, cligna des yeux avec un sourire malicieux en voyant sur le trottoir d'en face une brochette de princesses blondes vêtues de costumes vietnamiens revenir de l'école d'un bon pas.

15

Dans quelques-unes des arrière-boutiques de Prenzlauer Berg, lors des repas du nouvel an, il fut question d'une Allemande – cette prof qui s'était mis en tête de fabriquer des marionnettes d'eau et voulait, pour ce faire, trouver du bois de figuier. Elle s'était introduite jusque chez le menuisier Lý Phong qui réparait des meubles dans une arrière-cour près du Mauerpark et dont la mauvaise humeur était proverbiale. Elle dut faire preuve de ténacité, d'une grande ténacité. Elle tira livre sur livre de son sac pour lui montrer les marionnettes de bois tandis qu'il secouait la tête et agitait les mains en signe de refus. Dans son allemand rudimentaire, Lý Phong répétait qu'il ne savait pas faire ça. Mais l'enseignante répliqua qu'elle n'avait pas besoin de toute cette armature compliquée : ici, on était au sec. Ce qu'elle voulait, c'étaient des silhouettes en bois de ce type et quelques renseignements sur les peintures et les vernis, et est-ce qu'il ne fallait pas aussi différentes résines ? Ne pouvait-il vraiment pas l'aider ? Elle lui mit de nouveau une grande photo en couleurs du théâtre de marionnettes d'eau vietnamien sous le nez, et Lý Phong finit par capituler. Bien, il allait essayer. Téléphoner à des proches. Elle n'aurait qu'à repasser. Pas avant la fin de la semaine prochaine.

Et dernièrement, il avait tenu parole. Quinze ébauches et une sélection de peintures et de vernis. Il était resté en compagnie de l'enseignante deux bonnes heures et avait même lâché quelques sourires. Aux tables recouvertes de mets de fête, on haussait les sourcils : Lý Phong ? Des sourires ? C'était incroyable. Et il avait gardé l'un des livres vietnamiens que l'enseignante avait rapportés. Il voulait y jeter un coup d'œil, avait-il expliqué à l'enseignante. L'hilarité gagnait la compagnie. On n'avait encore jamais vu cet ours mal léché avec un bouquin. Savait-il seulement lire ? On avait beau ne rien y comprendre, cette histoire faisait bien rire. Quelqu'un suggéra que la mère de Trần Văn Dũng y était pour quelque chose, mais il fut impossible de tirer la chose au clair. On trinqua et secoua la tête sans cesser de pouffer à la pensée de ce Lý Phong qui, non content d'avoir souri, lisait désormais des pavés.

Pendant ce temps, une fois la classe terminée, la prof d'arts plastiques retrouvait au sous-sol ses quinze ébauches en bois de figuier et les quatre manuels encore en sa possession pour prendre de l'avance et faciliter la tâche aux enfants, car la manifestation contre le manque de place devait avoir lieu début avril, avant Pâques. Même les locaux pour la garderie du matin et du soir avaient été supprimés. Les enfants du matin et du soir erraient à travers les couloirs à la recherche de refuges provisoires. « J'ai les mains liées », avait dit le directeur, avant d'ajouter : « Vous allez trouver une solution ! » Oui, on trouvait toujours une solution. L'enseignante caressa du bout des doigts le bois étonnamment clair et léger aux effluves discrets. Elle n'avait jamais travaillé le bois, seulement la pierre, mais là aussi, elle trouverait une solution. Elle sourit pour elle-même et orienta le couteau comme Lý Phong le lui avait montré. À chaque découpe, l'odeur du bois se faisait plus intense. C'était le parfum du Sud. Et la prof d'arts plastiques continuait à sculpter ; d'un geste d'abord tendre et hésitant, puis plus ferme et décidé, jusqu'à ce qu'un premier visage apparaisse. Il avait un air de Gengis Khan un peu trop marqué à son goût, mais il restait les pinceaux et la peinture.

Les jours suivants, elle attendit avec impatience de descendre en catimini au sous-sol, son royaume à marionnettes, une fois la classe terminée. En trouvant la lumière de la cave allumée à cette heure tardive, le concierge crut à un cambrioleur. Il fut infiniment soulagé de voir que ce n'était que Jana Kripke. Le souffle court, il s'affala sur une chaise et, tandis que son cœur tentait de retrouver son rythme normal, il contempla les curieuses silhouettes qui peuplaient soudain son sous-sol d'ordinaire spartiate. Il resta assis à regarder en silence. Le soir suivant, il revint et observa longuement les visages étranges des marionnettes avant de tendre sa Thermos à l'enseignante. « Il ne fait pas chaud ici », dit-il. Puis il la salua d'un signe de tête, lui fit promettre de bien fermer et la laissa seule. Le lendemain, la sculptrice de marionnettes découvrit un petit chauffage d'appoint. Il datait de 1958, mais il tenait la route. C'est ainsi que l'enseignante à la volonté de fer qui avait réussi à faire sourire ce bougon de Lý Phong rentra pendant un temps bien tard à la maison. La retraitée du rez-de-chaussée secouait la tête entre désapprobation et joie maligne : « C'est qu'elle ne veut pas y passer la nuit, hein ? » Mais son mari s'était retourné depuis longtemps de l'autre côté et dormait à poings fermés – ou faisait semblant.

Le concierge ne vit même pas Lý Phong emprunter un soir l'escalier du sous-sol de l'école primaire pour aider avec les charnières. Jana et lui travaillèrent à quatre mains sans échanger un mot. Elle eut un peu de mal à l'empêcher de fumer dans l'atelier. À l'aide de divers outils, ils ouvrirent ensemble les soupiraux condamnés pour se pencher à l'extérieur et fumer en silence une cigarette à chaque heure écoulée. Au bout de la quatrième, ils avaient terminé. Le lendemain, les enfants allaient appliquer les résines, les vernis et les peintures et donner un visage aux marionnettes. Juste avant de partir, Lý Phong tira de son sac le livre qu'il avait emprunté et le posa sur l'établi avec une petite courbette. Faute de mieux, l'enseignante fit de même. Ils remontèrent l'escalier plongés dans le mutisme. Jana ouvrit la lourde et haute porte de l'école, laissa passer Lý Phong en premier, sortit elle aussi dans l'air frais et referma soigneusement. En guise d'adieu, Lý Phong leva brièvement la main et s'éloigna aussitôt. Jana regretta soudain d'en avoir fini avec les charnières. Elle hésita un instant, puis elle le rattrapa à la hâte, tira de son porte-monnaie un petit calendrier avec les jours de garde des pharmacies de Berlin, encercla le 11 avril à la lumière du lampadaire, écrivit « 11 heures » à côté et montra du doigt le sol à ses pieds. Lý Phong prit le petit carton avec un grand sourire et un hochement de tête. Puis il se mit en route vers l'ouest et elle vers l'est.

16

Le 11 avril, les marionnettes étaient prêtes et les enfants au comble de l'excitation. Ils attendaient le début du spectacle dans la cour. C'était une journée ensoleillée. On avait invité le recteur, et parce qu'une élection approchait, quelques politiciens locaux s'étaient aussi déplacés, histoire d'avoir l'air engagés aux yeux de la population. Un reporter envoyé par un quotidien berlinois d'une certaine importance était adossé au mur baigné de lumière. Il avait son appareil photo prêt à être dégainé autour du cou, un gobelet de café à la main, les paupières baissées, et il profitait du soleil du printemps qui, sur son petit morceau de mur, donnait déjà l'impression d'être en été. Il voulait prendre rapidement quelques photos, puis filer au parc pour y regarder les moutons de nuages dans le ciel. Il appellerait peut-être sa petite amie. Un deuxième petit déjeuner en tête à tête ne serait pas de refus. Et comme il n'avait pas d'autre mission pour aujourd'hui, il ne serait pas obligé de la laisser repartir sitôt le petit déjeuner terminé…

À quelques pas de lui se trouvait Lý Phong dont la main ne cessait de glisser machinalement dans sa poche de manteau pour attraper son paquet de cigarettes avant de s'arrêter à regret. Parmi les écoliers bruyants et affairés qui triaient des pancartes et s'essayaient à les brandir, il aperçut quelques petits Vietnamiens de sa connaissance. Mais ces derniers ne le remarquèrent pas. Tant mieux. Il lui aurait fallu expliquer ce qu'il fabriquait planté près du mur, et comment s'en serait-il sorti ? La prof d'arts plastiques n'avait pas encore fait son apparition. Le directeur prit la parole. Lý Phong ne comprit pas un mot. Il s'en était tout de suite douté. Il savait au visage des gens s'il comprendrait leur allemand ou non. Et de fait, selon les visages, il comprenait parfois presque tout et parfois pratiquement rien. Les écoliers agitaient leurs pancartes. Il eut le temps de déchiffrer les caractères des mots allemands et de se les réciter mentalement jusqu'à ce qu'ils aient un sens. *Plus de place ! Nous ne sommes pas des sardines ! Marre d'être mis au placard ! Non à la garderie nomade ! Besoin d'espace pour grandir !* Il devinait ce qui était en jeu. Il songea à son école au Vietnam et au fait qu'à l'époque, ce bâtiment leur aurait paru immense. Pourtant, il avait été surpris que, dans ce quartier où il ne pouvait plus se payer de logement depuis bien longtemps – pas même un mouchoir de poche, sans parler d'un atelier avec un entrepôt à lui –, les bâtiments scolaires soient dans un tel état de délabrement.

La prof fit alors son entrée avec ses élèves de 4e et 5e – et les marionnettes ! Leurs couleurs brillaient au soleil et attiraient tous les regards. Deux enfants déroulèrent un grand morceau de tissu : « L'école en pleine dégringolade. Pièce pour quinze enfants et quinze marionnettes. » Au cours des semaines précédentes, les quinze enfants avaient rapidement appris à tenir le tronc de la marionnette tout en faisant bouger ses bras, ses jambes et sa tête. Quelques petits films de bastonnade avaient galvanisé les marionnettistes en herbe. Et la mère du petit Italien de la 3e A fit le reste en arrachant une tarentelle effrénée au clavier du piano électrique légèrement désaccordé. Sur la petite scène de fortune, on se chamaillait et chahutait de bon cœur sur un rythme en 6/8. Marionnettes et enfants tombèrent au sol, les uns après les autres, les uns à côté des autres, les uns sur les autres. Ils se redressèrent tant bien que mal, se tendirent leurs cartables, les échangèrent une fois, puis une autre, les retrouvèrent et finirent par les perdre dans une ronde endiablée.

L'enseignante, assise à l'écart avec son chemisier à volants et ses lunettes métalliques sur le nez, en perdit ses livres et ses papiers qui glissèrent de la table et disparurent en un clin d'œil au milieu des jambes de bois et de chair. Tandis qu'elle se penchait pour les ramasser, une écolière trébucha sur un sac de sport et bascula au-dessus d'elle – pour atterrir dans une montagne de cartables, lesquels firent à leur tour chuter une marionnette qui fut rattrapée de justesse par un bras d'écolier tout en poussant au bas de la scène une chaise où étaient entassées trente doudounes. Une marionnette tomba à la renverse sur un jeu d'échecs et ruina une partie serrée juste avant la fin. Les joueurs se levèrent pour s'en prendre à elle, s'empêtrèrent dans les bretelles d'un cartable et ne purent empêcher deux marionnettistes de rassembler à huit mains les pièces pour commencer une nouvelle partie.

Le recteur souriait en balançant sa jambe croisée au rythme de la tarentelle. Ça se passait comme sur des roulettes. De la contrainte naît la créativité – son credo. Leur donner plus de salles ne serait pas leur rendre service. Sans parler du fait qu'on ne pouvait pas se le permettre. Ces gens n'avaient aucune idée de ce que la restauration d'un bâtiment signifiait : sécurité anti-incendie, nouvelles fenêtres, sanitaires… Tout ça coûtait de l'argent. Mais peut-être qu'il devrait leur promettre du matériel ou de nouveaux poufs en signe de bonne volonté. Cette école était désormais à la pointe de l'entente entre les peuples : il ne pouvait que s'en féliciter. Il se fit la réflexion que ces marionnettes avaient un petit air asiatique. La Chine ? Java ? Singapour ?

Il était parti si loin dans ses pensées qu'il n'entendit pas les écoliers l'inviter à les rejoindre sur scène. Puis il sentit tous les regards rivés sur lui. D'un gracieux mouvement de poignet d'enfant, une marionnette lui fit signe de venir. Pas de doute ni de refus possible. Le piano électrique faisait des trémolos. Le recteur eut un sourire forcé. Il n'aimait pas du tout ça. Mais impossible d'y couper. Il avait vu le reporter et ne voulait pas être traité de « recteur rabat-joie » dans le journal du lendemain. Il tenta de grimper sur scène aussi prestement que possible et sentit une douleur lancinante dans son genou droit qui n'était plus le même depuis sa chute à vélo de course l'été dernier. Les enfants l'avaient déjà entraîné au centre de la ronde. Au milieu de ces marionnettes. Des marionnettes dont les bras et les jambes de bois s'enfonçaient dans ses mollets et ses épaules, dont les troncs durs mettaient ses côtes et ses hanches à rude épreuve. Il voulut se faire une petite place en jouant des coudes. En vain.

Les enfants avaient à présent enfilé leurs cartables – pourquoi les enfants ont-ils des cartables aussi énormes ? – et pris leurs sacs de sport à la main. Ils avaient accroché leurs manteaux sur la tête des marionnettes, les capuches cachaient à moitié leurs mines figées. Des visages grimaçants, pensait-il, des visages grimaçants de carnaval. Elles en avaient après lui. Une peur qui ne lui était pas tout à fait inconnue, mais qu'il avait jusque-là réussi à tenir en échec, le gagnait et s'emparait de lui. Pour la première fois. Il eut chaud, puis se sentit patraque. Ses mains étaient comme engourdies, sa bouche avait un goût amer. Les enfants chantaient au son de la tarentelle. Leurs voix cristallines résonnaient à ses oreilles tout en paraissant très lointaines. Il ne comprenait pas les paroles. Quel était ce chant, nom de Dieu ? Il fut pris de vertige. La dégringolade le guettait. Il était à deux doigts de s'effondrer. La sueur perlait en grosses gouttes sur son front de quadragénaire sportif et rasé de près.

Le directeur s'en aperçut et réprima sa joie maligne, car il ne voulait pas être le directeur de l'école où le recteur s'était évanoui sur scène lors d'une manifestation. D'autant plus que la presse était là. Il se leva d'un bond, décidé à le secourir. Les enfants crurent qu'il voulait jouer aussi et l'encerclèrent à son tour sans lui laisser le temps de réfléchir ni de réagir. La tarentelle n'avait aucune pitié. Impossible de venir en aide au recteur qui était pourtant à portée de main – il se retrouva bras coincés et réduit à l'impuissance au milieu des enfants, des manteaux, des sacs… et de ces marionnettes ! Avant Noël, il n'y en avait eu qu'une, avec cette dame vietnamienne, et voilà qu'elles étaient quinze à lui chercher des poux, hiboux, choux, genoux. Une pensée lui traversa l'esprit : c'était bien fait pour le recteur. Lui et sa manie du multiculturalisme. À tous les coups, il y aurait une autre lettre. Du travail en plus.

La prof d'arts plastiques se ferait taper sur les doigts, mais c'est lui qui allait trinquer.

Il se sentit mal. Il tenta de respirer calmement et de garder le sourire. C'était bientôt terminé, bientôt, très bientôt… *Regarde le ciel*, se disait-il, *regarde dans les airs*, *regarde au loin. Et expire calmement. Avale ce goût amer et inspire lentement.* Sa petite amie et le deuxième petit déjeuner aux oubliettes, le reporter choisissait avec une grande concentration la position idéale et fit les meilleurs clichés qu'il eût pris depuis longtemps : deux visages d'hommes blêmes et crispés sur lesquels la panique affleurait au-dessus d'une masse compacte et ondoyante d'enfants et de marionnettes. Le tout avec un soupçon d'exotisme, car ces marionnettes n'étaient visiblement pas d'ici.

La prof d'arts plastiques, qui l'observait avec attention au-dessus de ses lunettes aux montures métalliques, le laissa faire son travail en toute tranquillité. Puis elle se leva et tendit la main à l'un des enfants sur scène qui en entraîna un autre derrière lui. Ils portaient les marionnettes entre eux. Une adorable farandole, de l'avis des spectateurs qui applaudissaient à tout rompre. Ils étaient conquis. La pianiste d'Italie du Sud plaqua l'accord final d'un geste dramatique, renversa avec ravissement sa courte chevelure noire en arrière et salua la foule en souriant de toutes ses dents. Le directeur aida le recteur à descendre de scène. Sans un mot, celui-ci clopina jusqu'à sa place pour s'y affaler. Ils pouvaient dire adieu à leurs poufs, songea-t-il tout en reprenant peu à peu contenance.

Quel dommage que ceux qui n'avaient jamais vu Lý Phong sourire n'aient pas été là. Car ils l'auraient vu rire. À gorge déployée. Ils auraient vu l'impénétrable Lý Phong adossé contre un mur baigné de soleil rire à perdre haleine, tandis qu'une prof d'école primaire radieuse lui lançait un clin d'œil. Lui, Lý Phong, venu du petit village de Đường Lâm, qui avait fabriqué des marionnettes d'eau, parce que les photos que cette femme à la volonté de fer lui avait mises sous le nez lui rappelaient son village et son frère. Et les figuiers sur lesquels ils grimpaient, enfants, pour se raconter leurs rêves.

17

Le jour suivant, Hiền aurait pu être mise au courant de la manifestation de marionnettes organisée contre le manque de place au sein des écoles de son quartier par l'un des quotidiens berlinois vendus dans sa boutique. Mais cela faisait bien longtemps qu'elle ne lisait plus la presse. Jusqu'à son treizième anniversaire, elle avait lu tous les journaux qui lui tombaient sous la main. Elle aimait l'odeur de l'encre d'imprimerie et le bruissement des grandes feuilles, les photos, les titres ventrus avec lesquels elle avait appris à lire. Trois jours après son treizième anniversaire, elle avait arrêté pour ne plus jamais recommencer, car la guerre lui offrait un spectacle dont aucun journal au monde n'aurait su rendre compte. Il n'y avait pas de mots pour ça en encre d'imprimerie, et même une photo n'aurait pu montrer la vérité. De temps en temps, Hiền écoutait la radio dans l'arrière-boutique et elle apprenait telle ou telle nouvelle, mais le plus souvent elle se contentait de regarder les visages des clients et de bavarder un peu avec eux lorsqu'elle tenait la caisse. Avec Dete, les bavardages duraient toujours un peu plus longtemps. Elle n'avait pas besoin d'en savoir plus.

Le matin suivant la manifestation de marionnettes, tandis que la page avec la photo des hommes blafards passait de main en main au-dessus des tables de cuisine et de café sous les sourires et hochements de tête approbateurs des habitants du quartier – car la plupart avaient des enfants, et la plupart de ces enfants fréquentaient l'une ou l'autre de ces écoles dignes d'une boîte de sardines –, ce matin-là, donc, Hiền balayait le trottoir devant la boutique lorsqu'elle vit une femme s'asseoir à la terrasse du café d'en face. Au soleil. Malgré son livre et son stylo, elle était bien à l'abri, car elle portait un chapeau – un chapeau pointu vietnamien. Et ça lui allait bien. Les passants aussi étaient de cet avis. Ils la dévisageaient, se retournaient sur elle. Quelques-uns l'abordèrent avec le sourire avant de reprendre leur route. « Sung, dit Hiền en rentrant dans la boutique et en posant le balai. Rapporte-nous quelques *nón lá* du marché, tu sais, les chapeaux pointus. »

Sung acquiesça et demanda à Hiền d'écrire le mot.

« Combien ? voulut-il savoir.

— Je dirais quatre-vingts », répondit Hiền.

Sung la regarda d'un air amusé :

« Tu veux dire huit.

— Je veux dire quatre-vingts, rétorqua Hiền, ou même cent, si tu arrives à en trouver autant. »

Sung secoua la tête, mais comme sa mère ne se mêlait qu'exceptionnellement de la planification de ses achats, il voulut lui faire plaisir et, dès que l'occasion s'en présenta, il acheta quatre paquets contenant chacun vingt-cinq *nón lá* au marché vietnamien. Le lendemain, il les disposa devant la boutique à côté des fruits. Le soir, il ne lui en restait plus que douze. Ils furent vendus avant 10 heures le matin suivant, sans compter les trois douzaines de précommandes. Et Prenzlauer Berg avait déjà une autre allure.

Au marché, le commerçant auquel Sung avait acheté tout son stock de *nón lá* téléphona à Hanoi et en commanda une telle quantité qu'au bout du fil, on le fit répéter trois fois.

Peu après Pâques, Jana Kripke apparut elle aussi coiffée d'un *nón lá* sur son balcon. Les longs rubans bleus flottaient doucement sous la brise printanière tandis qu'elle corrigeait ses copies.

« Tiens donc, son jules est un bridé, dit la retraitée à son mari.

— Ça lui va bien », répliqua-t-il.

Et pour une fois, elle ne trouva rien à redire.

18

Les marionnettes firent école. Elles ne repoussèrent certes pas les murs. Pas dans un premier temps. Mais elles eurent de l'effet. Depuis peu, le recteur partait un peu plus tôt chaque mercredi. On murmurait qu'il avait une jeune maîtresse. En réalité, il avait une psychologue. Le sentiment d'oppression ne l'avait plus quitté, et des palpitations étaient venues s'y ajouter alors que son cœur était réputé en bonne santé. « C'est là qu'est le problème », avait dit le médecin en se tapotant le front de manière éloquente. Le recteur avait trouvé ce geste un peu irrespectueux, mais comme il souffrait de plus en plus et allait trop souvent se poster à la fenêtre en pleine réunion pour y dénouer sa cravate d'un doigt tremblant, au risque que sa réputation au rectorat en pâtisse, il alla voir cette femme dont son médecin traitant lui avait glissé la carte sur son bureau. Il apprit à lui ouvrir son cœur réputé en bonne santé, mais méchamment verrouillé afin de se sentir moins oppressé. Il apprenait lentement, très lentement. Mais ce domaine lui était entièrement nouveau. Et la psychologue était, de par sa profession, une personne patiente.

Non, les marionnettes firent école parce que les enseignants se prirent au jeu. Ils tournaient au gré des saisons entre papier mâché, feutre, soie et cire. Ils y virent une chance de créer quelque chose de tangible, d'animé, d'étrangement beau. Les clubs de théâtre, les professeurs de travaux manuels, d'arts plastiques et, en nombre étonnant, d'éducation civique des écoles voisines prirent contact avec leur collègue qui avait artistiquement réussi à déboussoler son directeur au côté du recteur. En un rien de temps, Jana Kripke ne fut plus en mesure de faire face aux demandes. Elle retourna voir Lý Phong. « Il faut que tu m'aides, lui dit-elle, je ne vais pas y arriver toute seule. Tout le monde veut fabriquer des marionnettes sans savoir comment faire. »

Lý Phong regarda son visage pur et franc où une tristesse refoulée depuis longtemps était enfouie juste assez profondément pour qu'on puisse deviner de quoi il aurait eu l'air sans elle. Il comprit ce qu'elle voulait et secoua encore une fois vigoureusement la tête.

« Je ne peux pas dire, lâcha-t-il en levant les mains en signe de refus. Pas allemand.

— Mais tu n'auras pas besoin de beaucoup parler. Tu dois seulement leur montrer, avec les petits couteaux et les résines et les charnières, insista la prof d'arts plastiques.

— Non, répondit Lý Phong en retournant à la chaise qu'il était en train de réparer.

— Et d'ailleurs, il nous faut du bois de figuier en plus.

— Tilleul bien aussi, répliqua Lý Phong. Ici, pas théâtre d'eau. Quand eau, figuier, quand pas eau, tilleul.

— Allez, dit Jana, tu vas faire de super bonnes affaires. Et puis c'est pour la bonne cause. Tu sais qu'on les appelle les marionnettes manifestantes ? Les élèves les utilisent pour manifester contre la bouillie servie à la cantine, contre l'enseignement magistral et contre les parents qui protestent contre les annulations de cours. Elles sont belles, elles sont drôles. Et on s'est bien amusés nous aussi, pas vrai ? »

Lý Phong leva la tête.

« Oui, dit-il.

— Formidable ! » s'écria la prof d'arts plastiques en se levant sans attendre pour rejoindre la porte, car elle savait très bien que le « oui » de Lý Phong portait non sur de futurs projets, mais sur leur travail à quatre mains dans le sous-sol. « Je passe te chercher demain midi. »

Lý Phong céda. Il avait perdu. Mais tout le reste de la journée, il parvint à peine à cacher sa bonne humeur, et sa moitié de famille, qui n'avait plus jamais vu Lý Phong enjoué depuis que sa femme était rentrée au Vietnam avec deux de leurs quatre enfants, en fut presque alarmée.

Lý Phong et Jana Kripke lancèrent leur manufacture de marionnettes dans huit écoles du quartier : trois écoles primaires, deux collèges, un lycée général et deux lycées techniques. Dans toutes les classes participant à la confection, il y avait des élèves vietnamiens. Parfois, de brèves et timides conversations se nouaient entre Lý Phong et eux. Mais il refusait obstinément de parler allemand. La prof d'arts plastiques comprit qu'il avait honte. Vivre depuis si longtemps en Allemagne et parler si mal allemand. Alors qu'ils travaillaient sur une épaule, elle lui dit à mi-voix :

« Je pense que tu devrais suivre un cours de langue. »

Lý Phong était du même avis, ou du moins il l'avait été du temps où il travaillait encore au magasin Vernis et Couleurs et aurait aimé comprendre ce qui était écrit sur les caisses et les boîtes, ce que les collègues se disaient et ce que la radio racontait pendant la pause du petit déjeuner. Et puis, lorsque les habitants étaient descendus par milliers dans la rue et qu'il s'y était retrouvé à son tour sans autre choix que d'y rester pour vendre des cigarettes à la sauvette à des passants qui ne lui adressaient jamais la parole et prenaient les paquets et la monnaie dans le plus grand mutisme, la langue de ce pays était devenue sans importance. Car il se procurait les cigarettes de contrebande auprès d'individus qui ne parlaient ni allemand ni vietnamien, mais des langues qu'il n'aurait même pas su attribuer à un pays quelconque. Et les coups dans la tête et le ventre qu'ils lui faisaient encaisser avaient achevé de détruire sa foi dans la communication verbale.

Hors de question d'étaler ça ici. Il serra la dernière vis et fit hausser les épaules à la marionnette. « *Bon*[1] », fit la marionnette par sa bouche. Et peut-être était-ce un moyen de rappeler que l'allemand n'était pas sa première langue étrangère ni la seule que la vie lui avait imposée.

« Pas du tout », répondit Jana Kripke que cette manœuvre de diversion ne satisfaisait pas et contrariée de ne pas pouvoir donner la moindre réponse en français. « Je vais trouver une solution. »

Lý Phong en était convaincu, français ou pas.

1. En français dans le texte. *(N.d.T.)*

19

Jana Kripke ne pouvait certes pas deviner pourquoi Lý Phong avait fait une croix sur cette langue, mais à son soulagement manifeste quand les élèves lui adressaient la parole en vietnamien, elle comprit qu'il lui serait plus facile d'apprendre l'allemand par l'intermédiaire de sa langue à lui. Elle se creusa les méninges et lorsque, dans la cour de l'école le lendemain, elle aperçut Minh en train de bousculer un de ses camarades sur l'aire de jeux, elle en oublia de le rappeler à l'ordre, trop heureuse d'avoir trouvé dans ce spectacle la solution la plus appropriée et la plus évidente au blocage de Lý Phong – blocage qui, elle le savait bien, était loin de ne concerner que lui.

Elle se demanda soudain pourquoi elle n'avait pas immédiatement pensé à Hiền, et elle eut honte de son ingratitude : elle avait purement et simplement oublié de convier Hiền au spectacle de marionnettes. Hiền dont la marionnette lui avait soufflé cette idée en pleine nuit et qui lui avait donné en plein jour l'adresse du menuisier Lý Phong. Après l'école, elle se rendit aussitôt chez Hiền pour s'excuser. Elle avait apporté l'article de journal et lui parla des enfants qui avaient été si prompts à s'enthousiasmer, du directeur et du recteur qui étaient devenus tout blêmes et nerveux, de la maman venue de Bari qui avait dérouillé toutes les jambes avec le clavier du vieux piano et des nombreux professeurs qui la harcelaient désormais de demandes au sujet des marionnettes.

Tout sourire, Hiền ne cessait de la féliciter en préparant le thé. Les têtes des deux femmes se penchèrent sur le portable de Jana où défilaient des photos des marionnettes pendant et après la confection, la chevelure de l'une dont le noir ébène tirant sur le gris, et celle de l'autre autrefois blond doré. L'une un rien plus jeune que l'autre, l'une qui avait vu la guerre de ses propres yeux et l'autre qui l'avait vue dans les yeux de ses parents. Toutes deux avaient un frère qui s'était retrouvé en prison pour avoir trop parlé. L'un des frères était revenu de prison et n'avait plus jamais été le même. L'autre frère n'était pas revenu, et c'était la sœur qui n'avait plus été la même. Mais elles ne savaient rien de tout ça. Leurs routes s'étaient croisées quelque part après le milieu de la vie, alors que l'existence commençait à exiger un peu moins d'elles, et elles sentaient qu'il ne serait pas forcément malvenu d'inverser les rôles et d'exiger à leur tour une ou deux petites choses. Et pourquoi ne pas prendre les devants avec quelques propositions ? Quand elles furent convenues qu'à partir de la semaine prochaine, Hiền assurerait bénévolement le cours « Apprendre l'allemand en vietnamien » en début de soirée et que l'enseignante lui fournirait en échange une salle au sein de l'école – quand bien même il lui faudrait de nouveau lancer les marionnettes aux trousses du directeur –, elles étaient depuis longtemps passées au tutoiement amical. Mais cela ne les empêcha pas de se séparer sur une petite courbette pleine de respect.

20

Lorsque les cerisiers furent en fleur, les habitants de Prenzlauer Berg sortirent se promener coiffés de leurs chapeaux pointus, que l'on trouvait désormais non seulement dans la boutique de Sung, mais aussi dans les autres magasins de fruits et de légumes vietnamiens du quartier, et même dans les ateliers de couture et chez les fleuristes. Parce que les gens voulaient à tout prix des *nón lá* – et parce que après avoir mis la main dessus, ils y ajoutaient volontiers une paire de sandales à la cannelle, et pourquoi pas un peu de gingembre mariné –, ils fréquentaient de plus en plus souvent ces boutiques aux enseignes asiatiques. À vrai dire, c'était déjà là qu'ils allaient chercher leurs fruits et leurs légumes : ils achetaient aussi leurs plantes et leurs roses « chez le Vietnamien », donnaient leurs jupes et leurs pantalons à raccourcir « chez le Vietnamien ». Depuis toujours, il n'y avait pas seulement des fleurs et des tissus, mais les clients ne s'en apercevaient pas. Désormais, ils entraient dans les boutiques avec plus de curiosité et y restaient plus longtemps. Ils passaient tout en revue. Ils faisaient la causette avec Jenny et Mi Anh, avec Hương et Đức, avec Nam et Sao. Et parce que, depuis peu, chaque mardi et chaque jeudi – ou au moins un des deux –, Jenny, Mi Anh, Hương, Đức, Nam et Sao se perchaient sur les petites chaises de l'école pour apprendre gratuitement l'allemand avec Hiền, ladite causette se transformait peu à peu en véritable conversation. On achetait alors une ou deux autres plantes sans que ce soit prévu. Pour en faire quoi ? Les balcons de Prenzlauer Berg étaient plus fleuris et luxuriants que jamais. Ce qui n'y trouvait pas sa place était planté immédiatement dans les cours grises et sur les terre-pleins délaissés. Le tout bourgeonnait et prospérait dans une telle profusion de couleurs et d'espèces qu'on aurait cru que le limon fertile du delta était passé par là.

Les touristes de Prenzlauer Berg, qu'ils débarquent de Karlsruhe, de Detroit ou de Naples, raffolaient de ces marionnettes fabriquées format voyage dans la menuiserie de Lý Phong et envoyées dans les boutiques vietnamiennes. En raison de l'importante demande, la lumière brillait pratiquement jour et nuit dans l'atelier de Lý Phong. Le mardi et le jeudi seulement, il posait ses petits couteaux en début de soirée pour aller apprendre l'allemand avec Hiền. Dans les livres jaunis qu'elle distribuait, la tour de télé de l'Alexanderplatz se trouvait encore dans la capitale de la RDA et le mot « camarade » revenait nettement plus souvent que ne le voulait l'usage actuel. Ça ne faisait rien, au contraire : ces termes poussiéreux renvoyaient Lý Phong et les autres élèves au temps de leur jeunesse, et quand on se sent jeune, on apprend plus facilement. Ils étaient charmés par ce voyage dans le temps et par cette langue qu'ils comprenaient pour la première fois grâce au vietnamien de Hiền. Le mot « solidarité », en plus d'être un véritable défi pour les bouches vietnamiennes, apparaissait lui aussi dans des expressions légèrement écornées. Mais Hiền tenait à l'intégrer à leur vocabulaire actif. Cette histoire de solidarité avait peut-être encore de beaux jours devant elle. Même si sa prononciation leur donnait du fil à retordre, connaître ce terme n'était jamais de trop.

Les *nón lá* donnaient le mal du pays aux uns et le mal du lointain aux autres. L'agence de voyages du quartier, qui avait depuis longtemps une jolie marionnette en bois verni dans sa vitrine, vit les réservations de vols et de séjours pour le Vietnam monter en flèche. Un beau jour, après son cours, Hiền trouva une employée de l'agence en train de l'attendre devant la salle de classe. Une fois les élèves vietnamiens aux cheveux grisonnants partis, elle s'installa à un pupitre en compagnie de Hiền pour lui demander si elle accepterait d'enseigner aussi le vietnamien aux Allemands. Elle, par exemple, aurait bien aimé pouvoir se faire comprendre lors de son prochain voyage au Vietnam, et elle savait que d'autres étaient dans le même cas. Non, il n'était pas nécessaire que ce soit bénévole, chacun serait sans doute prêt à payer une petite obole. Hiền prit note du terme « obole » pour le chercher dans le dictionnaire et répondit que c'était une question de solidarité et que bien entendu, elle initierait les Allemands au vietnamien aussi gratuitement que les Vietnamiens à l'allemand.

C'est ainsi que chaque soir ou presque, Hiền enfilait au-dessus de son pantalon blanc sa robe de soie verte qui lui arrivait aux chevilles, son *áo dài*, pour se rendre à l'école primaire de son petit-fils et ouvrir la salle de classe où Minh planchait sur ses cahiers tous les matins. Pendant deux heures, la pièce se transformait en école de langue germano-vietnamienne. La transformation était bien réelle. À la vitesse de l'éclair, Hiền accrochait aux murs différents posters selon le groupe. De l'allemand pour les Vietnamiens, du vietnamien pour les Allemands. Le château de la Wartbourg dans la brume automnale pour les élèves vietnamiens, la pagode au bord du lac Hoàn Kiếm pour les élèves allemands. Des pancartes avec des fruits et des légumes locaux que les Vietnamiens étudiaient avec attention. Des pancartes avec les signes du zodiaque vietnamiens que les Allemands dévoraient du regard. Puis, en deux temps trois mouvements, Hiền disposait les pupitres en cercle. Près de la fenêtre, elle installait un pupitre avec deux grandes Thermos de thé et des petits gâteaux. Le ravitaillement changeait en fonction non du groupe, mais de ce que Sung voulait bien donner. Il n'était pas rare de le voir accompagner sa mère. La soulager du poids des lourdes Thermos et du gros sac chargé de matériel pédagogique était une raison suffisante pour un regard extérieur.

Mais il ne s'agissait pas seulement de cela : Sung était curieux. Difficile de savoir de quoi : de la salle où son fils avait classe ? Du cours que sa mère donnait ? Ou du groupe hétéroclite des élèves de cette école du soir bénévole ? Et Hiền ne posait pas de question. Elle remarqua toutefois qu'on le voyait plus souvent, bien plus souvent, au cours de vietnamien pour les Allemands qu'à celui d'allemand pour les Vietnamiens. Il se postait près de la petite table à thé et distribuait aimablement les tasses, papotait avec les gens du quartier dont la plupart faisaient leurs courses chez lui. Une fois la leçon commencée, il restait blotti dans un coin à souffler d'un air absent sur sa tasse de thé fumante, en travailleur acharné et père de famille qui, au milieu d'un brouhaha de voix à moitié familier, n'avait qu'à contempler les branches des arbres de la cour frémissant dans le crépuscule pour profiter de quelques minutes de répit. Parfois, il partait dès que les Thermos et les paquets de biscuits étaient vides ; parfois, il restait jusqu'à la fin pour aider Hiền à redonner à son école de langue l'apparence de la salle de classe de la 3e A. Ce fut l'un de ces soirs-là que Sung, après avoir enroulé la dernière affiche – une vue de la mer Baltique depuis Ahrenshoop – et épousseté quelques miettes de gâteaux qu'il avait récupérées au creux de sa main pour les jeter dans la corbeille à papier, posa à sa mère une question qu'elle attendait depuis longtemps mais qui la toucha malgré tout en plein cœur : « *Tại sao mẹ nói tiếng Đức tốt nhu thế ?* »

Si Sung avait posé cette question en allemand, comme il l'avait fait de pratiquement toutes les questions adressées à sa mère au cours des vingt dernières années, Hiền n'aurait eu aucun mal à répondre à la légère. Si Sung avait demandé : « Maman, pourquoi tu parles si bien allemand ? », Hiền aurait pu répondre : « J'ai été studieuse » ou « Ça m'est venu comme ça, et j'ai appris le français avec la même facilité » ou « Oh ! tu sais, au bout de trente ans, il n'y a pas de secret… » Mais Sung avait posé la question en vietnamien. Dans un vietnamien timide et bas qu'il s'était – Hiền le comprit immédiatement – réapproprié dans cette salle, si bien qu'elle fut incapable de garder le silence ou de mentir. Aussi, elle entreprit de lui répondre dans un vietnamien simple comme les premières phrases d'une méthode de langue et lent comme les vieilles histoires populaires que les anciens transmettent aux jeunes. Peut-être espérait-elle qu'une histoire compliquée serait plus facile à raconter dans une langue simple. Qu'une langue lente empêcherait Sung de tirer des conclusions hâtives. Que leurs histoires respectives prendraient ainsi des airs de conte et leur donneraient un peu de recul vis-à-vis de leur destin. Mais peut-être aussi n'avait-elle pas le choix. Peut-être n'y avait-il que ces mots-là. Et ces mots n'attendaient qu'une question. Posée par Sung. En vietnamien.

DEUXIÈME PARTIE

1

Sung n'aurait pas su dire à quel moment précis il avait commencé à se sentir chez lui dans la langue allemande. Mais ç'avait été le cas avant même qu'il n'entre à l'école. Hiền lui avait-elle parlé vietnamien lors de ces rares et précieuses heures passées avec lui au bord de l'aire de jeux à enterrer des moules dans le sable à l'aide de ses pieds nus pour jouer à la chasse au trésor ? Il l'ignorait. Peut-être était-ce du vietnamien, peut-être de l'allemand. Il gardait un souvenir clair, presque trop net, de son visage souriant, de sa main levée sur les doigts tendus de laquelle il pouvait lire le nombre de moules enfouis à chercher, et un timbre enjoué lui résonnait encore à l'oreille, mais était-ce du vietnamien ou de l'allemand – il ne s'en souvenait pas. Il connaissait la voix vietnamienne de Hiền et il savait qu'elle lui avait parlé cette langue, qu'il la comprenait et était capable d'y répondre. Mais avec le temps, la voix vietnamienne s'était faite plus rare et la voix allemande plus fréquente, et sa compréhension du vietnamien s'était amenuisée et fragmentée jusqu'à ce que cette langue ne soit plus qu'une musique en fond sonore de l'allemand. Une musique qu'il aimait et qui lui appartenait sans qu'il soit capable pour autant d'y joindre sa voix au-delà du refrain des banalités quotidiennes. Même son père avait rapidement arrêté de lui parler vietnamien. Gấm voulait être capable de discuter avec ses clients et de commander chez le grossiste sans interprète. Il en profitait donc pour s'initier à l'allemand par la bouche de son fils qui avait, dès la crèche, été biberonné au rude dialecte berlinois avant même que sa petite bouille ait su sourire. L'allemand de Gấm se fluidifiait à mesure que le vietnamien de Sung se tarissait. Il fut ainsi scolarisé avec l'allemand pour seule langue ou presque et n'eut pas la moindre difficulté à apprendre à lire et à écrire dans cet idiome ; il possédait même – grâce à Hiền – un vocabulaire plus riche et plus choisi que nombre de ses camarades. Il lui fallut toutefois affronter un autre obstacle : quand il se voyait dans le miroir, il avait du mal à allier sa langue et son visage, reflet de l'embarras de ses semblables face à cette combinaison peu commune. Pendant des années, il déchira ses photos de classe. Il n'avait de toute façon pas de grands-parents à qui les envoyer. Et qui sait ce qu'ils auraient pensé à voir son visage se démarquer des autres. Peut-être bien qu'il leur aurait fait honte.

En même temps que les photos, Sung mettait en pièces ses questions au sujet de ces grands-parents aux traits sans doute asiatiques. Ils n'étaient plus en vie, c'était tout ce que Sung savait d'eux. Il aurait aimé en savoir plus, mais avec l'instinct infaillible de l'amour filial, il ménageait son père et sa mère qui, dès qu'il était question de leurs parents, devenaient tristes et désemparés comme des enfants chargés de garder un secret bien trop gros et lourd pour eux.

2

Comme ses parents, quand ils ne dormaient pas, étaient à la boutique, Sung y passait aussi le plus clair de son temps une fois rentré de l'école. Il s'entendait bien avec les autres enfants, mais aucun ne l'invitait à jouer. Les enfants n'en parlaient pas faute d'en avoir conscience. Après tout, Sung était leur camarade. C'était un camarade de classe, pas un camarade de jeux. Que faisait-il de ses après-midi ? C'était une question qu'aucun des enfants ne lui avait jamais posée.

À la boutique, Sung aidait à vérifier les fruits et les légumes et à garnir les rayons, puis il s'asseyait à une petite table pliante que Gâm lui avait installée juste derrière le rideau de la réserve. Sung poussait le rideau de côté pour faire ses devoirs. Il apprenait l'arithmétique avec des ananas et des melons sous les yeux. Il perfectionnait son orthographe grâce aux recettes de cuisine figurant sur les paquets de semoule et aux étiquettes des boîtes de concentré de tomates. Il s'entraînait à lire dans les magazines *Yakari* dont il tournait précautionneusement les pages pour qu'on puisse encore les vendre. Lorsque l'anglais fit son apparition dans son emploi du temps, Gấm commanda au grossiste dix exemplaires du *Times*. Il comptait en vendre neuf par jour, et le dernier était pour Sung. Sung lisait et apprenait. Il lisait beaucoup et apprenait vite. Il sentait que la coexistence pacifico-amicale avec ses camarades d'école allemands pourrait rapidement tourner à la mise à l'écart pour peu que ses bonnes notes, ses très bonnes notes viennent à baisser. Il faisait donc en sorte que ce ne soit pas le cas. Il ne voulait pas se retrouver à l'écart. Avec les trafiquants de cigarettes qui venaient du pays de ses parents et parlaient leur langue. Dans les froids souterrains du métro, à proximité d'une bouche d'égout sous laquelle la marchandise attendait les acheteurs, devant les entrées d'immeuble délabrées proches de supermarchés, aux coins des rues balayées de courants d'air de vastes et lugubres quartiers résidentiels.

Il n'aimait pas ces gens qui lui ressemblaient plus qu'il ne l'aurait voulu. Il n'aimait pas non plus les vieux pincés qui leur achetaient leurs cigarettes et qu'il soupçonnait de mettre dans le même sac les Vietnamiens qui faisaient du trafic et ceux qui n'en faisaient pas. Il n'aimait pas que son père s'arrête près des vendeurs à la sauvette pour parler avec eux quand ils sortaient tous les deux. Gấm connaissait beaucoup d'entre eux, car ils avaient été collègues à l'usine ou voisins au foyer pour travailleurs vietnamiens. Il se montrait cordial, leur glissait un petit quelque chose, parfois des fruits, parfois de l'argent. Sung ne comprenait pas de quoi il parlait avec eux et il ne voulait pas le comprendre. Il tirait sur la manche de son père. « Allez, viens. » Sung voyait la différence : le regard de Gấm n'était pas éteint. Il avait une boutique. Il avait de bonnes chaussures et des dents correctes. Il avait une chance que les autres n'avaient pas.

Mais Sung craignait que les autres ne le voient pas. Il décida donc de forcer le trait. Il voulait avoir l'air différent. Sensiblement différent. Il se laissa pousser les cheveux. Jusqu'au menton. Jusqu'aux épaules. Et encore un peu plus bas sur le dos. Un bandeau en cuir tressé. À l'âge de quatorze ans, Sung était autre et en bonne voie pour se trouver.

3

Les cheveux d'Indien restèrent. La vulnérabilité enfantine disparut de son visage pour laisser place à une sympathique opacité. Mais sa peau avait la couleur du sable clair et le pli de sa paupière était en forme de croissant de lune. Au premier abord, les gens étaient troublés. Amérique ou Asie ? Ils y regardaient à deux fois, surtout les filles et les jeunes femmes. Ils voyaient alors la bouche fine, mais avec un sourire au bord des lèvres, et une longue cicatrice sur le front en haut à gauche qui permettait d'imaginer nombre d'histoires palpitantes. Et d'un seul coup, connaître les origines de Sung devenait moins important que de savoir comment attirer l'attention sur soi. Et il ne semblait pas y avoir de réponse.

Sung était l'objet de tous les fantasmes, mais de loin. Et il fantasmait, de loin également. Il traversa l'adolescence à une certaine distance. Son étrangeté flagrante et entretenue par ses soins les aidait, lui et les autres, à conserver cette distance. Jusqu'à ce que, à sa majorité, il soit prêt à mettre un terme à cette « quarantaine ». Il y fut aidé par Mia, la fille de Dete. Elle avait tout juste deux ans de moins que Sung, avait hérité des taches de rousseur de sa mère ainsi que de ses boucles qui avaient toutefois une teinte brune venue de son père. C'était aussi de lui, dont les traces s'étaient depuis longtemps perdues au-delà de l'Oural, qu'elle tenait ses yeux où, comme chez de nombreuses espèces de chouettes, les contours de la pupille et de l'iris se fondaient dans un éclat sombre, donnant une impression de cécité. Les yeux de Mia étaient pourtant loin d'être aveugles, mais ils étaient rivés irréversiblement sur un horizon infini, comme en prise directe avec lui – un horizon qu'on ne pouvait trouver au sein de la densité urbaine de Berlin. C'est ainsi que ces yeux étaient le plus souvent tournés vers l'intérieur pour y chercher l'horizon.

Mia et Sung avaient mangé des glaces ensemble, construit des villes de Lego ensemble et étaient allés au cinéma et à la piscine ensemble. Mia avait récupéré les vélos de Sung : le 12 pouces avec l'élan rouge sur le guidon, le 16 pouces avec Benjamin Blümchen l'éléphant sur le garde-boue avant, le 18 pouces avec la sonnette transparente, le 20 pouces avec la sacoche bleu et or, le 24 pouces avec le guidon papillon et le 26 pouces avec les poignées de cuir brodé de toutes les couleurs. Comme il n'avait pas pu lui donner le 28 pouces, Mia avait roulé avec le 26 pouces plus longtemps que ses poussées de croissance ne le permettaient. Quand elle déambulait à pied dans les rues et croisait Sung de sortie, elle grimpait sur son porte-bagages, car elle considérait que ce vélo lui appartenait pour moitié – une question de droit coutumier. Mais depuis le 28 pouces, ils se voyaient plus rarement. Ils fréquentaient des lycées différents, et l'après-midi Sung aidait au magasin, tandis que Mia avait un petit boulot dans l'entrepôt d'une usine textile.

Lorsqu'un soir, Gấm tira son fils de ses révisions du bac pour l'envoyer chez Dete avec deux cageots de framboises qui lui étaient restés sur les bras – parce qu'il savait que Dete était capable de faire des miracles avec des framboises gâtées dont personne ne voulait plus –, ce fut Mia qui ouvrit la porte. Dete était sur le pont : naissance à domicile, premier enfant. Ça pouvait durer. Mia emmena donc Sung à la cuisine – d'où on pouvait, en se plaçant à un certain endroit de la table ou de l'évier, apercevoir le ciel immense au-delà d'une rangée de cheminées et de câbles électriques. Là, ils trièrent les framboises, en remplirent la plus grosse casserole qu'ils purent trouver et, parce qu'ils avaient oublié de peser les fruits, évaluèrent à vue de nez la quantité de sucre gélifiant nécessaire. Mia renvoya Sung à la boutique pour y prendre du gingembre et des citrons verts. Entretemps, elle remua et goûta la confiture, le regard perdu à travers la fenêtre.

Une fois le gingembre et le citron vert incorporés aux fruits, elle passa la cuillère en bois à Sung, monta sur une chaise et attrapa une bouteille d'alcool de framboises sur la plus haute étagère de la cuisine. Elle en remplit la moitié d'un verre, prit une gorgée, laissa Sung en boire une à son tour et versa le reste dans la confiture en ébullition. Quand les pots furent bien vissés et posés à l'envers sur la table, Mia et Sung s'embrassèrent aussi naturellement que si ce baiser était la conséquence logique de la préparation de confiture de framboises, inéluctable et indépendant de leur volonté ou de leur libre arbitre.

Le parquet de la cuisine était chaud comme l'été, et Mia s'aperçut que même allongée elle pouvait, à travers les longues mèches lisses de la chevelure de Sung, attraper un morceau de ciel du regard et y trouver une sérénité qui la disposait au désir que lui inspiraient les mains et les lèvres de Sung. Au moment où, avec une brève et lancinante douleur que son âme connaissait depuis longtemps sans savoir que son corps aussi pouvait l'éprouver, elle sentit Sung en elle, Mia comprit que l'élancement de son âme n'était rien d'autre que les prémices d'un bonheur dont elle savait seulement qu'il viendrait un jour, mais dont elle commençait malgré tout, au même instant, à se réjouir infiniment.

Sung n'était pas ce bonheur-là, mais elle était heureuse que ce soit lui, et personne d'autre, qui le lui fasse pressentir. Elle le serra un peu plus fort entre ses bras et ses jambes. En réponse à son abandon sincère et bienheureux, Sung se donna corps et âme. Il se sentait gauche et maladroit, mais à présent, par le simple fait de plonger ses yeux dans l'immensité du regard de Mia, il avait l'impression d'être emporté dans un vaste fleuve de savoir amoureux qui lui ôtait la moindre incertitude, car rien de tout ça n'était de son ressort à lui, Sung. Mia, officiellement domiciliée dans un immeuble ancien à moins d'un demi-kilomètre de la boutique depuis sa naissance, Mia, avec ce lustre irréel dans les yeux et cette façon bien à elle de peser ses mots quand il y aurait tant eu à dire, lui apparaissait comme une créature de ce fleuve. Elle n'appartenait qu'en surface à l'instant présent, par le parfum de fruits des bois de sa peau et de ses cheveux. En réalité, elle était de passage. Et elle faisait en ce moment précis un petit bout de chemin avec lui. Lui ouvrait une porte sans s'arrêter pour autant. Une porte qui allait décider du reste de sa vie. Car Sung sentait bien que son existence était en train de prendre un tournant décisif, et même un tournant décidément favorable. Il savait aussi que Mia ne resterait pas près de lui, mais qu'elle continuerait sa route avant même que son cœur s'attache à ses pas.

Longtemps après que Sung se fut enfoncé dans l'obscurité pour rejoindre la boutique avec deux pots de confiture de framboises en prenant tout son temps pour parcourir les quelques pâtés de maisons, Dete rentra enfin. Cette nuit-là, elle avait mis au monde non pas un enfant, mais deux. D'abord un garçon, fils d'un petit couple d'étudiants dont l'examen final approchait. Ils voulaient un enfant pour après l'examen et avaient calculé, avec la rigueur de leur domaine de compétences – les mathématiques appliquées –, que compte tenu de leur âge, de leurs habitudes alimentaires, sportives, sexuelles et de leurs anciennes pratiques contraceptives, il fallait compter un délai de quatre cycles et demi. Non sans un petit grain de folie, ils se considéraient comme des individus tellement normaux qu'ils n'avaient pas envisagé une seconde la possibilité d'une conception plus rapide et tombèrent des nues lorsque, avec deux cycles et demi d'avance, leur enfant post-examen se révéla être un enfant pré-examen.

Ils firent une demande d'épreuves anticipées et se livrèrent, durant sept mois et une semaine, à une course éperdue contre mère Nature – jusqu'au jour où le contenu de la poche des eaux se répandit sur le canapé avec les corrections du mémoire paternel consacré aux tableurs informatiques et qu'un peu plus tard la jeune femme, saisie par la première contraction, se retrouva agenouillée au milieu des piles de livres, des ramettes de papier et de restes de repas pris à la hâte, pour donner naissance, avec l'aide de Dete, à ce petit garçon qui n'en faisait qu'à sa tête tandis que le futur père rassemblait d'une main fébrile les manuscrits, les copies et les pense-bêtes en un gros tas dont le tri repoussait les épreuves à un avenir plus lointain encore – ce qui leur semblait pour l'heure parfaitement égal à tous les deux.

Tandis que Dete préparait du thé pour les jeunes parents, son téléphone portable sonna, et d'un bon coup de pédale, elle traversa Prenzlauer Berg plongée dans les ténèbres pour rejoindre une femme nettement plus proche des cinquante que des quarante ans, qui n'était statistiquement plus considérée comme apte à procréer depuis longtemps. Encore sous le charme du milieu mathématique qu'elle venait de laisser derrière elle, Dete calcula qu'elle devait la moitié de ses revenus à des femmes qui n'étaient, selon la recherche gynécologique, quasiment plus en droit d'espérer donner la vie, et cette idée la réjouit plus que de raison.

La caboche de la petite fille était déjà visible lorsque Dete entra. « Vous auriez très bien pu vous en sortir sans moi ! » s'écria-t-elle, et la parturiente quadragénaire accéléra son avant-dernière poussée d'un éclat de rire essoufflé tandis que des larmes roulaient sur le visage de son mari où se mêlaient la joie et la stupéfaction. À la cuisine, les deux frère et sœur plus âgés, que Dete avait fait venir au monde neuf et sept années auparavant, étaient blottis l'un contre l'autre. À force d'impatience et de fatigue, leurs visages blêmes de nuit hésitèrent eux aussi entre le rire et les larmes lorsqu'elle leur fit signe de venir dans la chambre où ils caressèrent avec timidité les minuscules mains de leur toute petite sœur.

« Parfait, on n'a plus besoin de moi ici », dit Dete avant d'attraper sa mallette et de pédaler jusque chez elle à travers les rues désertes. Les couche-tard étaient au lit, les lève-tôt n'étaient pas encore debout. Dete était satisfaite du travail accompli cette nuit-là et, profitant de ce début de répit, elle songea à la chaîne des générations émouvante et accidentée dont elle était partie prenante depuis tant d'années.

Lorsqu'elle ouvrit la porte de l'appartement, le parfum des framboises l'attira d'abord dans la cuisine. Il était au diapason de son état d'esprit, car elle en arriva ainsi à sa propre chaîne de générations, à sa grand-mère de Buckow qui cuisinait des confitures pour un régiment sur un monstrueux fourneau antédiluvien. Dete étiqueta les pots de son écriture enfantine, les descendit à la cave sur un plateau grossièrement taillé et les y rangea soigneusement derrière les millésimes les plus anciens. Le plateau avait été fabriqué par son grand-père, qui était mort depuis longtemps. Sur son acte de naissance, son propre père portait le nom d'« inconnu », ce à quoi sa mère n'avait jamais envisagé de remédier. Quant au père de Mia… pour le garder, il aurait fallu le mettre en cage. Elle vivait donc dans une chaîne de femmes. De femmes faiseuses de confitures. Avec un sourire, elle prit un torchon et essuya quelques taches de jus de framboises au pied de l'évier. Par la porte entrebâillée, elle vit Mia assoupie, la tête tournée vers la fenêtre. Puis elle alla se coucher et alluma la radio tout bas, car après une longue nuit, rien ne l'endormait aussi bien que les premiers bulletins trafic du matin.

Les pas de Dete sur le parquet avaient réveillé Mia, et alors qu'elle émergeait à peine, il lui vint à l'esprit une drôle de pensée qui ne l'avait pas effleurée avant qu'elle s'endorme, mais la tira brutalement du sommeil pour la plonger dans une série d'exercices d'arithmétique. Elle compta sur ses doigts, comme avant, quand elle était attablée en compagnie de sa mère dans la cuisine, cahiers à petits carreaux couverts de courbes de température à côté de l'assiette du repas du soir, et que Dete lui apprenait les nombres de 1 à 100 en lui faisant calculer les ovulations et les périodes de fécondité : 32 – 14 = 18, 18 + 2 = 20, 18 – 2 = 16, du temps où ces mots ne représentaient pour Mia rien qui puisse un jour avoir trait à son propre corps.

Lorsqu'elle avait saigné pour la première fois, elle n'en avait pas dit un mot à Dete et s'était contentée de lui demander un petit cahier du même genre. Elle savait déjà où se trouvait le thermomètre. Dete avait ouvert la bouche en un « Oh » d'étonnement avant de la refermer sans que le moindre son en soit sorti. Au bout de quelques cycles, Mia se connaissait sur le bout des doigts, maîtrisait son ovulation et était parée des calculs avisés de la méthode Ogino pour faire face à des événements encore à venir. Et l'heure était venue. Ou plus précisément : l'heure aurait été venue. Malgré tout, en moins de quinze secondes, Mia sut que son ovulation se situait à bonne distance de la préparation de confiture de framboises. Et même si, encore récemment, la prof de biologie leur avait répété dans la cour que cette méthode naturelle fondée sur la température était très peu fiable, vous entendez, les filles, très peu fiable, et qu'il fallait à tout prix utiliser des moyens de contraception délivrés en pharmacie sur ordonnance, Mia faisait confiance à sa mère, à ces cahiers et au petit tiraillement dans son ventre le douzième jour, ou parfois le treizième. Elle se renversa sur les oreillers, se tourna de nouveau vers la fenêtre par laquelle il ne faisait plus noir, et se rendormit presque instantanément.

Au même moment, Sung, qui n'avait pas fermé l'œil de la nuit, était assis à la table du petit déjeuner en compagnie de Hiền et Gấm. Gấm chantait les louanges de la savoureuse confiture de framboises : « Dete est une magicienne. Personne ne lui arrive à la cheville.

— C'est vrai », répondit Sung.

Et cette fois, à son sourire d'Indien se mêlait l'espièglerie d'un garnement berlinois qui mène ses parents en bateau et rit sous cape de leur crédulité.

4

Huit semaines plus tard, Mia tourna le dos à Berlin. Elle avait expliqué à sa mère qu'il était temps pour elle d'apprendre la vie ailleurs, et Dete avait répété ces paroles à la directrice de son lycée sans rien y ajouter. À présent, Mia faisait la cuisine quelque part en Poméranie, sur un vieux domaine qui, après les aristocrates et les paysans, était arrivé aux mains d'enfants au comportement à problèmes qui venaient là, accompagnés de leurs tuteurs à peine moins problématiques, pour construire des cabanes et des roues à aubes loin des tentations de la ville. Quand Mia ne cuisinait pas, elle tissait des corbeilles en osier. C'était une activité compatible avec son besoin d'horizon.

Elle avait longtemps cherché un moyen de garder ses mains occupées sans devoir les regarder en permanence. La peinture n'allait pas, l'écriture non plus, pas plus que la broderie, la sculpture et la couture. Puis elle était tombée sur les corbeilles trouées dans la grange et avait trouvé sur YouTube un tutorial pour s'initier au ravaudage, ce qui était exactement ce qu'il lui fallait. Désormais, elle réparait de vieilles corbeilles et en fabriquait des neuves avant d'aller sur les marchés les vendre avec ses confitures. Elle ne savait pas encore combien de temps ça durerait, mais elle était de moins en moins nostalgique et de plus en plus heureuse. Elle le devait en partie à Tobi, un éducateur qui passait le plus clair de son temps en cuisine avec elle et relevait son goulasch de quelques épices dont elle ignorait jusque-là l'existence. Elles venaient de Mazurie, et elles étaient bonnes. Au bout de dix jours, Tobi s'était dépêché de ramener à Berlin ses constructeurs de cabanes et de roues à aubes, et il était revenu le jour même pour ne plus repartir.

Un peu plus tard, Sung laissa à son tour le lycée derrière lui, avec sous le bras un document estampillé de quatre pages dont le pouvoir magique se résumait à une moyenne de 14/20. C'était un résultat honorable, même s'il n'en avait pas vraiment besoin, car il ne s'inscrivait pas en médecine, mais en archéologie, et on y acceptait tout le monde. Un vrai gâchis, selon ses professeurs et camarades de classe, mais Sung n'avait aucun doute sur son choix et, brûlant d'impatience, traînait au musée de Pergame et à l'Ancien Musée, caressant du bout des doigts les pierres et les mosaïques au-dessus des cordons de sécurité, tant et si bien qu'on le menaça de lui interdire l'entrée des deux établissements. Il se réjouissait à l'avance des cours annoncés dans la plaquette pédagogique – reliefs funéraires attiques, collection de moulages en plâtre, lécythes grecs à fond blanc en céramique, mosaïque byzantine sur voûte. Et un beau jour, dûment inscrit, enregistré et immatriculé, il partit pour le sud-ouest de la ville. Dans une villa de style classique à l'adresse de l'université, loin du trafic de cigarettes, mais suffisamment proche pour qu'il puisse se rendre au marché et porter des caisses avec Gấm au petit matin. L'après-midi, il s'installait au resto U ou au café pour réviser. Les bibliothèques étaient trop silencieuses pour lui. Son cerveau n'était réceptif que lorsqu'il était environné d'un certain niveau de bruit et d'agitation.

Il comprit vite que, dans cet endroit où tout le monde venait d'ailleurs et où seule une minorité semblait avoir des grands-parents nés ici, son origine ne comptait guère, qu'il s'agisse de son sang vietnamien ou de son ancrage à Berlin-Est. Quand on lui posait des questions et qu'il répondait « Vietnam », il constatait que les gens ignoraient tout de ce pays et s'en félicitait, car lui-même n'en savait pas grand-chose de plus. Il n'avait jamais mis les pieds au Vietnam. Il était Berlinois. Il connaissait Berlin comme sa poche. Bien mieux que beaucoup d'autres qui auraient été incapables de dire où se trouvaient au point du jour les palettes de fruits et légumes qu'ils achetaient l'après-midi dans la petite boutique au coin de la rue. À quoi ressemblaient les conversations sur le marché et par quelles rues on circulait le plus facilement à travers la ville de bon matin. Dans un cours sur l'archéologie provinciale romaine se trouvait un jeune Vietnamien de Berlin Ouest qui avait des connaissances similaires aux siennes, mais à points cardinaux inversés – ses grands-parents étaient originaires du Sud et avaient par conséquent atterri à l'Ouest lors de leur fuite –, ce que Sung remarqua à peine. Il ne posa pas de questions et, au-delà d'un bref salut à la machine à café, aucun des deux ne chercha le contact. Ils s'étaient inscrits en archéologie classique, pas en civilisation d'Asie du Sud-Est.

Au sein de la petite troupe hétéroclite rassemblée là pour étudier, Sung trouva des amis pour la première fois de sa vie. Des amis avec qui sortir, réviser, cuisiner et faire la fête. Et parmi ces amis, il trouva des amoureuses. Pour une nuit, pour quelques semaines, et une fois pour quelques mois. C'était un jeu tout en légèreté, en plaisir de séduction, pas de promesses, un sourire en guise d'adieu. Il découvrit l'amour tendre, l'amour exigeant, l'amour enfantin, l'amour détaché, tout en apprenant du vocabulaire mexicain, polonais et hébreu. Il apprenait en aimant et aimait en apprenant. Il était heureux.

5

Ce n'est qu'après une période d'amours cosmopolites que Sung se rapprocha d'une Vietnamienne. Mây était née à Hanoi et avait suivi son père à Berlin-Est à l'âge de cinq ans, alors que Berlin-Est cessait tout juste d'être la capitale de la RDA et ne faisait pas encore partie d'une nouvelle capitale. Elle était arrivée avec sa mère, sa grand-mère, ses quatre sœurs et six machines à coudre. Depuis, la grande famille des Lê était à la tête d'une petite entreprise de travaux de couture et de retouches dans la rue de Sung, trois numéros plus loin.

Dans cet immeuble qui n'avait pas encore été rénové se trouvait un grenier avec les vestiges d'une buanderie qui aurait dû, conformément au règlement intérieur, être fermé à clef, mais il ne l'était pas, ainsi que Mây l'avait découvert toute petite. Étrangement, personne à part elle ne semblait le savoir, ce qu'elle acceptait avec gratitude. Ainsi, personne ne lui disputait cet exil. Son refuge loin des cliquètements des machines à coudre, des bobines de fil sans fin, des lamentations de la grand-mère, des hochements de tête soucieux de la mère, du cafard grandissant des sœurs. Le père, qui était plus disposé à la plaisanterie, passait ses journées à nettoyer des tapis dans des bureaux berlinois, car cela aussi faisait partie de la petite entreprise des Lê.

Entre les travaux domestiques et les devoirs pour l'école, Mây s'éclipsait pour grimper l'escalier et pousser doucement la porte. Dans l'atmosphère calcaire des combles, on faisait autrefois sécher le linge. Quelques cordes étaient encore tendues, au bout desquelles étaient accrochées une poignée de pinces en bois fatiguées aux ressorts rouillés. Dans un coin, des torchons troués s'étaient figés dans des formes bizarres – ultimes témoins d'un ultime jour de lessive, bien avant que Mây soit née. Et les épaisses poutres de bois brut dataient d'un temps que même la grand-mère de Mây n'avait pas dû connaître – outre le fait que Mây et sa grand-mère venaient non seulement d'une autre époque, mais aussi d'un autre pays que celui de cet immeuble qui les avait recueillies sans sourciller.

Par les deux minuscules fenêtres condamnées à l'aide de ferrures par un concierge berlinois qui avait depuis longtemps remisé sa boîte à outils, Mây se trouvait au même niveau que la cime des platanes qui bordaient la rue. Bien qu'elle ait soigneusement nettoyé les lucarnes de l'intérieur, elle ne pouvait que deviner le superbe jeu de couleurs de leurs feuilles derrière un voile de suie laiteux. C'était déjà mieux par les nœuds et les fissures du bois brut dont deux autres lucarnes sans vitre avaient été barricadées. À travers, un œil fermé et l'autre ouvert, on pouvait non seulement capturer un souffle d'air frais, mais aussi des fragments de pignons, des façades d'immeubles, des demi-cheminées, des morceaux de grues de chantiers et d'échelles de pompiers. Avec de petits mouvements de tête, ces éléments architecturaux se mettaient en branle pour former de nouveaux tableaux tout de guingois. C'était bien au goût de Mây, et là-haut, elle n'avait plus besoin de défendre son sens de l'humour. Mây aimait rouler des yeux, faire des grimaces, trébucher volontairement et surtout rire à gorge déployée.

Rien de tout cela ne faisait plaisir à voir ni à entendre quatre étages plus bas. Loin de là. Les femmes Lê avaient donné à la benjamine le prénom de « Mây » d'après un petit nuage blanc qui, le jour de sa naissance, était suspendu immobile dans le ciel, et elles en espéraient une créature au charme éthéré – pas un clown. Face à tant d'attentes contraires et si peu d'humour, Mây n'avait aucune chance de trouver un public au sein de sa famille. Elle était donc devenue son propre public. Quand elle était lassée de son kaléidoscope de toits berlinois, elle se racontait des histoires drôles tirées de la vie de Lê Mây. Il lui fallait considérablement enjoliver, car il n'y avait pas beaucoup de matière dans son quotidien.

Entre avril et septembre, dans le vaste grenier à linge dont faisait aussi partie un dédale de mansardes à moitié vidées, il y avait de jour tout juste assez de lumière pour s'y retrouver. Mais dès l'automne et durant les journées d'hiver, l'endroit était d'un noir de poix et pas franchement accueillant. Or Mây n'était pas seulement drôle, elle était aussi intrépide. Et bien équipée. Elle entreposait là-haut des lampes de poche, des piles de rechange, des couvertures, de l'eau et des biscuits. Elle était le premier membre de la famille Lê à s'être dégotté une chambre à elle, certes sommairement meublée, mais de belle taille. Lieu de ses plaisirs intimes et matérialisation de son nom de baptême : un royaume entre ciel et terre, une forteresse aérienne, un eldorado dans les nuages.

C'est là qu'elle entraîna un soir Trần Văn Dũng qui était appelé Sung, avec un « s » doux, même prononcé par sa propre mère, et qui ne parlait qu'allemand. La famille Lê avait organisé une petite fête d'adieu. Pour la première fois depuis leur arrivée à Berlin, ils allaient retourner quelques semaines au Vietnam. Tandis que les autres continuaient à festoyer dans l'appartement du rez-de-chaussée, ce qui consistait pour eux à manger beaucoup et boire encore plus, Mây accomplit une chose dont elle rêvait souvent et qu'elle n'aurait jamais crue possible, une chose qu'elle ne pensait pas pouvoir attendre d'elle-même ni de la vie : elle avait emmené le grand garçon aux cheveux longs, qui habitait un peu plus haut dans la rue, et qu'elle voyait rarement ces derniers temps parce qu'il apprenait à déterrer de vieux vases à l'université, mais avec lequel il lui était arrivé de jouer au ping-pong dans le parc et qui, assis à la table lourdement chargée, avait ri de ses discrets roulements d'yeux et de ses grimaces éclairs sans pour autant vendre la mèche, elle avait emmené ce garçon par le poignet quatre étages et demi plus haut avec ce puissant mélange de courage et d'amour qui ne naît que dans la plus grande solitude, l'avait conduit d'un pas assuré à travers les corridors sombres menant aux soupentes, avait senti son souffle chaud sur sa nuque, fait volte-face et cherché sa bouche dans l'obscurité.

Comme ils s'embrassaient avec fougue, encore essoufflés par leur rapide ascension, ils basculèrent dans les bras l'un de l'autre sur le socle d'une poutre. Un clou saillant s'enfonça d'abord dans le bras gauche de Mây et, avant même qu'elle crie de douleur, dans le bras droit de Sung. Mây attrapa à tâtons une lampe de poche, et ils se penchèrent d'un même mouvement sur les deux blessures dont coulaient deux filets rouges en sens opposé. Mây n'avait pas besoin d'en voir plus. Elle coupa la lampe de poche.

Sung n'avait pas seulement vu les traces de sang laissées sur deux bras par un clou rouillé. Il avait vu que cette bouche qui faisait de drôles de grimaces était une belle bouche, petite et décidée, que la peau sur laquelle le sang coulait vers lui était claire et douce, que les yeux aux roulements moqueurs étaient entourés de minuscules rides de rire, à moitié cachées par l'épais rideau de cils, et il serra un peu plus fort dans ses bras cette jolie fille malicieuse pour lui faire l'amour dans ce grenier où elle était visiblement chez elle comme nulle part ailleurs. Sung fut plus attentif à la satisfaction de Mây qu'à la sienne, car il avait appris à tenir compte des possibles conséquences des ébats amoureux. La perspective d'une alliance précipitée avec le clan mélancolique des Lê l'incita à se concentrer pleinement sur le plaisir de Mây pour ne pas la mettre en difficulté.

6

Lorsque la famille Lê rentra du Vietnam, le père de Sung était mort, et les Lê vinrent tous les huit présenter leurs condoléances. Mây était là aussi. Les yeux pleins de larmes et la bouche tremblante, elle s'inclina en silence devant lui et sa mère. Les ébats du grenier dataient d'un autre temps. Tous deux, Mây et Sung, avaient gardé au bras une longue cicatrice dépositaire d'un doux souvenir, mais le malheur en éloignait leurs pensées et leurs corps. Durant toute une période, le grenier de Mây ne lui servit qu'à s'affliger que ses histoires se soient taries. Sung se consumait de chagrin au marché de Westhafen. Au milieu des commerçants qui se pressaient dans tous les sens, il restait immobile, voyant les doigts sombres et noueux de Gấm vérifier les raisins et les poires, son visage souriant surgir derrière un chariot surchargé, sa main lui faire signe quand il fallait négocier ou examiner un produit. Parfois, Sung rentrait du marché sans rien d'autre que ces images dans sa tête et ce chagrin. Hiền parvenait tant bien que mal à garnir les étals devant la boutique, de manière que l'absence de livraison matinale ne saute pas aux yeux des clients.

Après la mort de Gấm, outre l'absence de livraisons matinales venues de Westhafen, il n'y eut pendant un temps que bien peu de marchandises vietnamiennes à la boutique. Une ou deux fois par mois, Gấm prenait la route du Vietnam – en empruntant la Landsberger Allee et la Siegfriedstraße pour rejoindre la Herzbergstraße jusqu'au centre Dong Xuan.

« Le Champ printanier », disait Hiền qui traduisait jusqu'à l'expression « Đồng Xuân ». « Le Petit Champ printanier », corrigeait systématiquement Gấm, soucieux de rappeler que le marché original florissait en réalité à Hanoi, depuis plus de cent ans, à proximité des eaux du fleuve Rouge : Chợ Đồng Xuân. Trois étages, trois mille vendeurs. « Le Petit Champ printanier » de Berlin-Est n'avait commencé à prospérer qu'après la chute du mur, sur un étage seulement, mais de 118 000 mètres carrés de sol étanchéifié. En dessous se trouvaient du chrome, du cuivre et du phénol – héritage de l'entreprise est-allemande VEB Elektrokohle qui avait autrefois occupé les lieux.

Dans son enfance, il arrivait à Sung d'accompagner Gấm et, pendu à sa main, de traverser le Petit Champ printanier comme un bazar de conte de fées plein de parfums et de sons inconnus. Une fois les caisses remplies de riz, de torchons, de vaisselle, de lampes de poche et de jouets et la porte du fourgon refermée, la visite curieusement libre de droits d'entrée était terminée.

Maintenant que Gấm était parti, Sung ne se rendait plus à la Herzbergstraße. Il avait peur. Hiền listait les produits manquants, et ces listes ne cessaient de s'allonger de semaine en semaine. Et puis, au cours d'une même journée, deux cuisiniers de cafés voisins, deux étudiants et une vieille femme réclamèrent respectivement « ce riz dans les gros sacs qui étaient toujours par ici », des chats porte-bonheur en porcelaine blanche et du thé au gingembre – «celui que votre père allait chercher directement au Vietnam, vous voyez ? » –, et dès le lendemain matin, Sung monta dans la camionnette et se mit en route.

Sitôt qu'il eut franchi l'entrée du parking, il s'en voulut de ce coup de tête. Autour de lui, ce n'étaient qu'enseignes vietnamiennes, affiches vietnamiennes, foule vietnamienne. Comme si les quatorze caractères lumineux avec lesquels le centre Dong Xuan saluait ses clients étaient la dernière chose au monde qu'il serait capable de lire et comprendre. À partir de là, c'était l'inconnu. Et on ne s'aventure pas dans l'inconnu comme ça, juste après le petit déjeuner. Encore moins pour y faire des affaires. Il aurait dû se préparer, demander à Hiền de lui faire des notes en vietnamien, récupérer le plan des halles sur Internet et l'étudier avec elle. Il aurait dû, il aurait dû…

faire demi-tour ? Sung s'imagina Gấm en train de le voir quitter le parking bredouille. Et il entra. Par le chemin le plus court, dans la halle la plus proche. Laquelle l'accueillit avec un fort parfum d'épices et de bouillon de soupe qui le propulsa dans le passé, du temps où il pouvait attraper la main de son père, le long des grandes allées sur lesquelles les boutiques et les échoppes mordaient des deux côtés avec leurs fausses fleurs, leurs porte-vêtements, leurs chaussures, leurs lanternes et leurs appareils électroniques.

Est-ce qu'il y avait déjà des écrans partout avec ces clips vietnamiens dont les mélodies et les basses se superposaient comme les vagues d'une houle croisée ? Et lui au milieu. Incapable de prendre la barre. Soudain, Sung crut entendre la voix de Gấm, son rire rauque, ses brefs et vifs échanges avec les vendeurs. Oui, n'était-ce pas lui qui venait d'appeler ? Plein d'un espoir absurde et farouche, Sung se retourna pour voir de tous côtés des hommes pressés qui n'étaient pas Gấm tout en ayant ses traits. L'un avait le nez, l'autre la bouche, l'autre encore le menton. Sung sentit une sueur froide sur son front, le souffle lui manquait, ses mains tremblaient. Il n'était plus question de faire des courses.

Il se réfugia dans un restaurant pour pouvoir s'asseoir. Peut-être avait-il simplement besoin d'une soupe chaude, et tout s'arrangerait, pensa-t-il. Une jeune femme s'approcha de sa table, lui parla, lui donna le menu, continua à parler et attendit une réponse. Sung montra du doigt le mot *phở*, qui lui était familier mais que d'un seul coup il n'osait plus prononcer. Il avait sans doute un fort accent allemand. Tant qu'il tenait sa langue, on pouvait le prendre pour un sourd-muet, un Japonais ou un Balinais, ou pour un Japonais ou un Balinais sourd-muet, et pas pour un fils de Vietnamiens. Et surtout pas pour un étudiant en archéologie qui avait arrêté ses études et achetait en gros des chats porte-bonheur pour les revendre à d'autres étudiants qui, eux, s'apprêtaient à fêter leur mémoire de fin d'études. Pourtant, d'après la légende, ces chats ne levaient pas la patte en signe d'adieu, mais de bienvenue, lui avait expliqué Gấm avec un rire doux et bienveillant. Gấm. Comme un enfant qui a perdu ses parents dans un grand magasin, Sung sentit les larmes lui monter aux yeux, et une boule se forma dans sa gorge. Il abandonna le *phở* fumant, posa un billet sur la table et partit. Désormais, on ne le prenait plus pour un sourd-muet ou un Balinais, mais pour un fou qui commandait une délicieuse soupe en la montrant du doigt avant de l'abandonner sans aucune explication. Il sentit les regards le suivre. Les gens d'ici le regardaient sans le comprendre. Et ne comprenaient pas qu'ils ne le comprenaient pas. Était-il des leurs ? Lui aussi les regardait sans les comprendre et sans se comprendre avec une seule chose en tête : retourner dans son monde. Au moins le riz, se dit-il, et le thé au gingembre et la palette de vernis qui était déjà suivie de deux points d'exclamation sur la liste de Hiên.

Il entra dans la première boutique venue, chercha le rayon riz, attrapa les sacs de dix kilos. L'homme à la caisse lui tendit un imprimé en caractères vietnamiens. Sung refusa d'un geste et sortit un billet de banque. L'homme le prit pour l'examiner à la lumière, un œil sur le billet et un autre sur Sung. Aussi suspects l'un que l'autre. Il lui rendit la monnaie sans le lâcher des yeux – ou plutôt de son œil, car l'autre semblait regarder par-dessus l'épaule de Sung une scène qui se déroulait dans son dos. Sung n'osa pas tourner la tête.

Il acheta la palette de vernis à un jeune garçon au visage d'une pâleur inhabituelle. Après avoir encaissé l'argent, le vendeur retourna à son livre qu'il avait posé ouvert, couverture vers le haut, quand Sung avait glissé les cartons sur la table près de la caisse. On y voyait une scie électrique dont les dents dégoulinaient de sang. D'un crayon à la pointe fine, le garçon prenait des notes méticuleuses dans la marge. Lorsque Sung s'en alla, il fit un sourire poli avec une petite courbette.

Il se procura le thé au gingembre auprès d'une femme dont le visage paraissait bien plus vieux que ses mains. Elle était assise à une table de couture, mais en guise de tissus, elle découpait des continents dans un atlas vietnamien et les réagençait en les collant sur un gros carton. L'Australie à côté de l'Inde, l'Amérique du Sud touchant l'Afrique. Elle ne rangea pas l'argent du thé. Peut-être allait-elle découper les billets pour en faire des îles avec des ponts de pièces.

Sur le chemin de la sortie, un vieil homme édenté assis par terre à côté d'un petit stand de fruits au sirop lui sourit, comme enchanté de le revoir. Du seul bras qu'il lui restait, il caressait un petit chien qui portait un collier en canne à sucre aux couleurs vives.

Le pas de Sung s'accéléra dans une tentative pour rattraper son cœur qui battait à tout rompre. Juste avant la sortie, il trébucha sur un petit autel près d'une porte menant à un salon de piercing. Comme il s'agenouillait pour redresser les fleurs et les bâtons d'encens, deux mains gantées de noir lui vinrent en aide. Il leva la tête et aperçut deux yeux aux paupières alourdies d'une épaisse rangée d'anneaux en métal où on devinait une amabilité vaguement menaçante.

Sung se jeta sur sa camionnette comme s'il avait le diable à ses trousses. Le bazar féerique de son enfance s'était transformé en train fantôme. Les mains fébriles, il chargea les marchandises à l'arrière, se mit au volant et tenta de trouver la sortie, mais il était incapable de déchiffrer les inscriptions sur les flèches et fit deux fois le tour. C'est alors que s'empara de lui la colère la plus violente, la plus aveugle, la plus impétueuse qu'il eût jamais connu. Dans la rue, il alluma la radio dans l'espoir que la musique du hit-parade et la mélopée des animateurs le calmeraient. Ce fut le contraire. Il savait que la chaîne choisie était en allemand, il savait qu'il y était question de cours boursiers, de points trafic et de jeux-concours, mais les tubes vietnamiens dans sa tête n'étaient pas disposés à laisser place à cette programmation. Ils recouvraient tout de leurs transitions mièvres, de leurs couplets exaltés, de leurs exclamations languissantes.

Sa colère augmentait. Sa tête se mit à bouillir, sa main cognait contre le volant. La rage l'aveuglait. Il roulait bien trop vite et grilla un feu rouge. Il vit les passants s'écarter sans être capable de freiner. Un éclair de terreur le traversa, réduisant aussitôt ses autres émotions à néant. Il gara le véhicule le long du trottoir en tremblant et regarda dans le rétroviseur le visage des passants au feu. Une vieille dame levait les bras en l'air, le contenu de ses sacs de courses roulait sur les pavés. Deux jeunes avec des casques de couleur regardaient vers lui avec intérêt, puis ils changèrent de trottoir sans la moindre hâte ni agitation.

Sung descendit de voiture et se dirigea vers la femme qui se mit à pester sans pouvoir sortir de sa torpeur. On l'avait échappé belle ! Quelle mouche l'avait piqué ? Avait-il bien toute sa tête ? Il faudrait le dénoncer à la police ! Sung ne se défendit pas. Il joignit les mains et dit : « Je ne recommencerai plus jamais, je ne recommencerai plus jamais. Plus jamais. Je ne recommencerai plus. Jamais. » Encore sous le choc, ils se dévisagèrent jusqu'à lire sur les traits l'un de l'autre le soulagement de s'en être tiré sans une égratignure. Alors seulement, le monde autour d'eux se reconstitua, morceau par morceau. Rue, feu, voiture ; chantier, distributeur, boulangerie. La femme baissa les épaules avec un profond soupir et noua ses bras autour d'elle. Sung remit les courses éparses dans les sacs et les apporta à la femme qui l'attendait de l'autre côté de la rue tout en répétant en boucle cette phrase, la seule qu'il soit capable d'articuler : « Je ne recommencerai plus jamais, plus jamais. » Un serment. La femme hocha la tête et lui prit les sacs des mains. « Rentrez bien », dit-elle.

Comme si la frayeur du feu rouge grillé avait chassé les fantômes de Đồng Xuân, Sung se rendit dès lors à Berlin-Lichtenberg une fois par mois, l'esprit plus ou moins serein. Sans user de salive, sans perdre de temps et sans faire de zèle. Du riz, du thé, des chats porte-bonheur, des montres-bracelets, des collants, des briquets, des jouets pour le sable. Quarante minutes de Vietnam, 3,4 kilomètres aller, 3,4 kilomètres retour. Une sortie millimétrée. Il parcourait le Petit Champ printanier au pas de course, ne s'arrêtait pas et ne s'attardait pas. C'était bien assez de Vietnam pour lui et pour la boutique.

À force de chagrin, Sung se mit à réfléchir. Il constata qu'explorer ses pensées faisaient disparaître la boule dans sa gorge. Il commença à songer non seulement à la mort, mais aussi à la vie. À ce qui comptait le plus aux yeux de Gấm. À ce qui devait compter le plus à ses yeux à lui, Sung. Et puis, un beau matin à Westhafen, alors qu'il venait de charger ses caisses dans la camionnette et mettait le contact, il sut : continuer. Il fallait continuer à tout prix. C'était ce que Gấm aurait voulu et ce que lui voulait. Il fit marche arrière pour quitter sa place de stationnement et se mit en route vers Prenzlauer Berg avec détermination, car il avait une chose à faire sans tarder.

Sung ne prit le temps ni de décharger ses marchandises ni de fermer le véhicule. Il traversa la rue d'un pas décidé, poussa la porte de l'atelier de couture Lê que la troisième sœur de Mây venait juste de déverrouiller, aperçut Mây en train d'enrouler une bobine de fil sur sa machine à coudre et lui demanda sans même dire bonjour : « Tu veux m'épouser ? » Mây agrippa la cicatrice sur son bras gauche comme d'autres auraient porté la main sur leur cœur – sous le coup de la peur. La canette en métal lui tomba des mains. Elle roula sur le linoléum comme une petite toupie, laissant derrière elle un fin liseré cramoisi destiné à l'ourlet d'une robe de soirée. Mais aucun regard ne la suivit, car tous les yeux étaient rivés sur Mây. Quatre sœurs, une mère, une grand-mère et Sung observaient Mây qui, ce matin-là comme tous les autres, s'était levée, avait pris son thé, préparé du riz aux légumes pour son père et s'était assise à sa machine à coudre comme tous les membres féminins de la famille Lê pour retoucher des robes, des jupes et des pantalons, changer des fermetures Éclair et repriser des cols de chemises – elle dont la vie devait changer à cette minute même.

« Oui », répondit Mây en éteignant sa machine et se levant comme pour partir sur-le-champ. Les femmes de la famille Lê la toisèrent d'un air sévère. Une déserteuse. Mây retomba sur sa chaise. « Oui », répéta-t-elle d'une voix si claire et décidée qu'aucune personne présente ne tenta de l'en dissuader malgré ses jambes flageolantes et la force des regards réprobateurs qui l'avaient renversée sur sa chaise. Elle s'accrochait au visage de Sung à trois mètres de distance. « Merci », dit Sung avant d'effleurer son bras droit de la main et de baisser la tête, geste que Mây comprit comme une promesse tandis que les autres n'y virent qu'un étrange salut qui rendait la scène en train de se dérouler sous leurs yeux encore plus irréelle et mystérieuse. Sans se laisser troubler, Sung quitta l'atelier de couture aussi rapidement qu'il était venu pour décharger ses marchandises et faire part à Hiên de ses projets d'avenir.

7

Hiền fit tout le travail. Pendant presque un mois, on la vit traverser la rue le matin pour rejoindre l'atelier de couture et y rester. Elle apportait des fruits et des bonbons, du fil et des aiguilles, du riz et des conserves de légumes. Elle triait les vêtements retouchés sur les cintres en discutant avec les Lê, elle lavait la vaisselle du déjeuner en écoutant, elle pliait le linge de lit reprisé en posant des questions et donnant des réponses, elle donnait des réponses et posait des questions jusqu'à ce que les femmes, avec des sanglots étouffés, d'une voix claire et brisée, le visage enfoui dans les mains, lui révèlent leurs peurs jamais affrontées, les images qui ne les quittaient pas. Des images qui venaient la nuit, et on se levait pour boire de l'eau à petites gorgées près de la fenêtre ouverte le temps de savoir où on était – de savoir que sur le trottoir d'en face se trouvait un immeuble d'habitation berlinois dans la plus grande paix. Que ses fenêtres n'éclataient pas, que le feu n'en jaillissait pas. Quand les images s'en étaient donné à cœur joie pendant la nuit, elles revenaient le jour, et c'était pire encore, car on ne pouvait pas toujours se poster près de la fenêtre ouverte avec un verre d'eau en attendant de retourner au présent. Elles venaient sans crier gare. Quand on emballait les habits, le temps que la cliente rassemble la monnaie. Elle portait une grosse bague d'argent à l'annulaire. On fixait cette bague, et le feu roulant explosait à vos oreilles. Il fallait un immense sang-froid pour que les « Merci bien », « Au revoir », « Et bonne journée ! » ne déraillent pas dans les aigus, car il aurait fallu les crier à pleine gorge pour couvrir le bruit des armes. La cliente ne remarquait rien et tournait les talons avec sa bague, sa monnaie et sa robe raccourcie.

Les autres femmes Lê se contentaient de lever brièvement la tête. Elles connaissaient ça. Elles connaissaient la sensation du tissu de coussin qui se transforme soudain en peau carbonisée sous les mains ; l'estomac s'arquait vers le haut, et il fallait se pencher encore plus sur son ouvrage, expirer longuement tout en comptant trois fois jusqu'à dix, et c'était fini. Elles connaissaient les mains cramponnées au polyester. À l'instant, c'était un anorak crème, et le voilà devenu ce linceul lisse auquel on n'ose pas toucher et que quelqu'un d'autre tire sans nous laisser le temps de fermer les yeux. Ça passait, même avec le front mouillé de sueur et les mâchoires tellement crispées que les muscles des joues en frémissaient. La famille Lê connaissait les mains qui se mettent à trembler en installant la canette pour un ourlet déchiré parce que d'un seul coup, le fil est celui brandi par le médecin pour recoudre une blessure béante sur le sentier meuble entre les champs, en courant à moitié car on n'est pas encore en sécurité. Elles sentaient le sol éclaté en blocs terreux sous leurs pieds, elles entendaient les cris et le grondement en train d'approcher – comme si des décennies et des milliers de kilomètres ne séparaient pas Berlin de Hải Phòng.

Hiền comprenait. Elle ne comprenait que trop bien. Et elle comprenait aussi que la benjamine, qui partait aider à la boutique de Sung sitôt que Hiền entrait dans l'atelier de couture Lê, s'était défaite de la chaîne de sidération, de chagrin et de désespoir forgée entre mères et filles, soit de son propre fait, soit parce que la tristesse avait perdu de sa vigueur et renoncé à entraver plus de quatre filles : qui aurait pu le dire ? La benjamine avait en tout cas refusé cette lugubre obédience et mis sens dessus dessous ce monde triste à mourir. Que Sung puisse être heureux auprès d'une femme capable d'un tel retournement, pleine de détermination, de volonté et de gaieté, voilà qui ne faisait aucun doute aux yeux de Hiền. Et que la boutique puisse profiter d'une jeune femme qui prenait plaisir à former des petits visages souriants avec des raisins, des tranches de mangue et des graines de grenade dans les barquettes en plastique, d'une jeune femme qui avait remisé l'aiguille et le fil en un tournemain pour chausser des bottes de caoutchouc et laver avec ravissement la réserve à grande eau, c'était une évidence absolue.

Sung et Mây se marièrent en toute simplicité. Avec l'aide des sœurs Lê, ils parvinrent même à garder la boutique ouverte comme d'habitude. Lorsque, à peine trois mois après leur mariage, l'immeuble dans lequel elle habitait encore peu de temps auparavant fut couvert d'échafaudages, Mây se retrouva, incrédule, devant une grande affiche qui annonçait la construction d'un penthouse sous les combles et sa mise en vente à un prix qui défiait son imagination. Elle laissa son regard glisser vers le haut de la façade, là où elle devinait les petites lucarnes à moitié aveugles derrière l'armature en métal, ferma les yeux et fit ses adieux aux surfaces et aux poutres sèches et rugueuses qui n'avaient appartenu qu'à elle. Elle retourna à la boutique et dit à Sung : « Sans le grenier, je n'aurais pas survécu. » Sur son visage se lisait la peur du sort qu'elle aurait connu si Sung n'était pas venue la chercher à temps.

L'atelier de couture subsista encore un moment. Les femmes cousaient à l'ombre de l'échafaudage, dans le bruit des travaux. Mais peu avant le démontage, un courrier de la gestion de l'immeuble leur signifia qu'elles ne pourraient garder ni la boutique ni l'appartement. Six paires de mains et un homme n'étaient pas capables de coudre suffisamment d'ourlets et de nettoyer suffisamment de tapis pour le loyer qui leur était désormais réclamé. Les larmes coulaient sur le visage de Mây lorsque la famille Lê partit avec armes et bagages s'installer dans un immeuble en préfabriqué du quartier voisin. Sung n'aurait pas su dire quelle part de soulagement rentrait dans ces larmes – le soulagement de savoir que désormais neuf stations de métro séparaient sa joie de vivre de la mélancolie des autres. Mây était une rescapée. À seulement quelques pas de là et pourtant complètement ailleurs.

Dès lors, ce fut Hiền qui fit le trajet en métro une fois par semaine. Chaque mercredi. Chargée de deux gros sacs pris dans les rayons de la boutique, elle rendait visite aux Lê dans leur nouvel atelier de couture. Elle faisait la cuisine et la vaisselle, racontait, écoutait et prêtait main-forte. Avant même que leur renégate de benjamine, au milieu de tout ce remue-ménage, ait pu commencer à manquer aux Lê, une confidente avait pris sa place, et c'était ce qui leur manquait à toutes depuis bien longtemps. Quand Minh vint au monde, tout juste un an après le mariage, Hiền se mit à l'emmener lors de ses visites du mercredi, et ce fut peut-être grâce à lui que les visages des sœurs s'adoucirent et prirent un air songeur et qu'au cours des années suivantes quelques robes de mariée à usage personnel furent confectionnées dans l'atelier Lê – et de fil en aiguille, on cloua le bec aux mauvaises langues qui avaient affublé les sœurs du surnom de « rossignols ».

8

Le vietnamien était la première langue étrangère de Minh. La langue de l'atelier de couture. La langue du mercredi. La langue des tantes. Sung ne parlait jamais d'autre langue que l'allemand avec Mây. Mây ne voulait pas parler d'autre langue avec son fils que celle parlée avec son mari. Son mari parlait allemand avec sa mère. Pourquoi Minh aurait-il dû parler vietnamien avec sa grand-mère ? C'est ainsi qu'on parlait allemand chez les Trần et, une fois par semaine, le mercredi, vietnamien chez les Lê. C'était une règle sans paroles, pas plus vietnamiennes qu'allemandes. À sa première année d'école primaire, Minh croyait encore que le vietnamien était la langue parlée par les femmes lorsqu'elles font la couture. Il en était si peu question que pendant longtemps, il ne fit pas de lien entre cette langue et un pays du continent asiatique.

Mais un jour, Minh rentra de l'école en demandant un bien culturel du Vietnam. Sa grand-mère trimballa jusqu'au préau la vieille marionnette en bois qui avait pris ses quartiers derrière le rideau depuis des lustres et raconta on ne sait quelle histoire. Peu de temps après, Sung vendit toute une cargaison de chapeaux pointus dans sa boutique, et Hiền lança un cours du soir germano-vietnamien. Elle accrocha un poster de marché flottant sur le delta du Mékong au tableau sur lequel son petit-fils apprenait la division syllabique le matin. Sous les pieds de Sung bien enracinés à Berlin, le sol se mit à vaciller. Au milieu de cette confusion, de cet enchevêtrement de souvenirs et de réflexions, il se fraya un chemin jusqu'à l'unique question que le monde entier avait déjà posée à sa mère. Sauf lui. Car il voyait sur le visage de Hiền que les réponses qu'elle donnait n'étaient pas vraies. Elle cachait quelque chose aux curieux sans qu'ils s'en rendent compte. Seul lui, Sung, le voyait. Il ne voulait pas que sa mère lui cache quelque chose à lui aussi, mais il ne voulait pas non plus entendre la vraie réponse. Il n'avait donc jamais demandé : « Maman, pourquoi tu parles si bien allemand ? » Jusqu'à ce que cette autre langue lui vienne en aide.

« *Tại sao mẹ nói tiếng Đức tốt nhu thế ?* » Sa mère lui répondit, et sa réponse dura toute une nuit. Ils allèrent au parc, ils s'assirent sur les marches d'un monument et jouèrent avec des tessons de verre du bout de leurs chaussures. Ils prirent un café dans un bistro qui mettait un point d'honneur à rester ouvert tant que le jour n'était pas levé. Quand Hiền s'essoufflait, Sung posait une question. Et elle reprenait. Elle ne lui cacha rien.

À la fin de cette nuit, Sung savait qu'il avait une sœur. Une sœur qui ne savait pas qu'elle avait un frère. Il aurait voulu être triste par compassion pour sa mère. Mais il n'était pas triste. Bien au contraire. Il était rasséréné car il n'avait pas été seul. Jamais. Il avait une sœur. Il avait une sœur depuis toujours. Elle ne s'était pas attablée à ses côtés et ne lui avait pas disputé ses bonbons, elle ne lui avait pas enseigné les premières lettres de l'alphabet ni appris à nager, elle n'était pas venue le voir dans la cour de récré pour qu'ils échangent leur goûter. Mais elle aurait pu être là, et cela changeait tout. Il avait une grande sœur.

« Lui dire ou ne pas lui dire – tu en décideras un jour », déclara Hiền. Elle ne voulait pas imposer un vieux mensonge à son fils avec cette vérité toute neuve. Sung hocha la tête. Il était reconnaissant à la langue vietnamienne. Elle lui laissait le temps de trancher, car le lien fraternel n'y était pas seulement une question de sang, mais de communauté. *Chị :* appellation collective pour des individus de sexe féminin plus âgés que le locuteur. Leçon 2 du cours de langue de Hiền. En vietnamien, on pouvait donc dire la vérité sans trahir de secret. *Chị*, « grande sœur » : on ne faisait pas plus innocent ni plus sincère.

9

Depuis que Lý Phong s'était lancé dans le commerce de marionnettes et que les gens qui fréquentaient sa boutique pour les regarder et passer commande se souvenaient aussi de lui quand il fallait réparer une chaise ou une armoire, il avait, pour la première fois depuis son arrivée en Allemagne – et même à vrai dire pour la première fois de sa vie –, un peu plus d'argent que ses dépenses immédiates ne le nécessitaient. Et parce qu'il parlait désormais un peu mieux allemand que sa survie immédiate ne le réclamait, il se rendit chez le dentiste. Lý Phong n'avait pas d'assurance maladie. En revanche, il avait des douleurs depuis des années, en particulier la nuit. Lui au moins savait que sa mauvaise humeur et son sourire souvent refusé avaient à voir avec l'état de ses dents. Il se dit que l'argent des marionnettes devrait permettre de soulager les douleurs les plus importantes. Et son allemand de négocier le prix.

Avec un joli pécule en poche, il longea la rue et sonna à la première plaque où il déchiffra le mot « dentiste ». S'il ne dut pas marcher bien loin, il dut attendre un moment.

Lorsque, dernier patient de la journée, il fut introduit dans la salle de soins malgré l'inquiétude non dissimulée de l'assistante qui avait annoncé d'une voix forte « l'étranger sans carte », le dentiste était fatigué et peu disposé à se livrer à des négociations à rallonge et à des opérations probablement compliquées. Mais comme il avait encore moins envie de parler que de sortir sa roulette, il commença par mener à bien les travaux de première nécessité dans la dentition de Lý Phong. Lorsque sur ces entrefaites son patient, la bouche tuméfiée, voulut parler argent, il le coupa pour lui demander pourquoi il avait attendu si longtemps avant de venir le voir. Il devait pourtant avoir mal. À peine eut-il posé la question qu'il s'en voulut de l'avoir fait. C'était pourtant clair comme de l'eau de roche : l'homme n'avait pas d'assurance. Pour la première fois, le dentiste se rendit compte qu'il n'avait encore jamais eu de patient vietnamien, alors qu'au moins cinq boutiques vietnamiennes se trouvaient dans sa rue.

« Il y en a beaucoup comme ça ? » demanda-t-il une fois que Lý Phong lui eut répondu la vérité escomptée. Lý Phong acquiesça et eut un rire gêné, le visage tordu par l'anesthésie. Le dentiste se leva de sa chaise en soupirant : « Commencez par prendre vos prochains rendez-vous à l'accueil, dit-il, et pour le reste, on va trouver une solution. »

Lý Phong fit une petite courbette. Une fois de plus, il était déconcerté par les Allemands. Ce Blanc comptait-il le rouler dans la farine et lui envoyer une facture exorbitante qu'il serait incapable de payer, même en livrant ses marionnettes dans toute l'Allemagne, ou était-ce simplement quelqu'un de gentil, quelqu'un de vraiment très gentil ? Lý Phong décida de prendre le risque. L'homme avait un bon visage, juste trop fatigué.

En vérité, le dentiste était loin d'être quelqu'un de méchant – en dépit de la crise qu'il traversait alors, même s'il commençait seulement à se l'avouer : la crise classique du milieu de vie. Ridiculement banal. Il avait espéré réussir un peu mieux que la norme. Ses revenus mensuels étaient sensiblement supérieurs à la moyenne, et – au regard de son âge – les belles plantes se succédaient à ses côtés relativement rapidement. C'était sa troisième année avec l'une d'entre elles et, bien que son rythme de bascule relationnelle se soit stabilisé autour de cinq ans, il était déjà oppressé et blasé de la voir se creuser la tête des heures durant pour savoir s'il valait mieux installer un vase d'un mètre ou plutôt d'un mètre et demi de hauteur dans le coin ouest de leur appartement sous les toits qui donnait sur le Mauerpark, et si ce vase devait être en verre, en porcelaine ou en béton. En béton. Il avait besoin de davantage. Malheureusement, le dentiste lui-même n'avait pas la moindre idée de ce que ce « davantage » pouvait bien être. Il sombrait dans le mutisme, mangeait un peu trop, buvait un peu trop et sentait sa tête et son corps s'alourdir.

Il se posta à la fenêtre et suivit Lý Phong du regard. L'assistante entra dans la pièce et demanda comment procéder avec le Vietnamien. « Il n'a pas de nom ou quoi ? » la houspilla le dentiste. L'assistante haussa ses sourcils artistiquement dessinés et regarda la fiche bristol : « Lý Phong, dit-elle.

— Fort bien, répondit le dentiste. Nous n'allons pas procéder, nous allons commencer par soigner. » Les sourcils de l'assistante restèrent suspendus en l'air. « Entendu », lâcha-t-elle. Elle se serait volontiers passée de patients comme Lý Phong et n'aurait pas pu le signifier plus clairement. Son chef lui tourna de nouveau le dos. Il regardait toujours par la fenêtre alors que Lý Phong avait disparu depuis longtemps au coin de la rue. Il pensait à son directeur de thèse, du temps où il était son assistant au CHU de Cologne. Le dimanche matin, ce directeur de thèse soignait les dentitions de routiers dans le cabinet d'un ami. Année après année. Gratuitement. Bénévolement. « Sinon, ils n'ont pas le temps, disait-il quand on l'interrogeait sur ce curieux hobby considéré parmi ses pairs comme une lubie romantico-sociale. Et ils n'ont pas non plus d'argent. En revanche, ils ont peur : peur que leur femme les trompe à force qu'ils soient partis à longueur de journée, peur que leurs enfants se retrouvent en échec scolaire et finissent routiers, peur que la prochaine vague de licenciements soit pour eux. Alors autant régler leurs problèmes de dents. »

Par la suite, alors que depuis longtemps le dentiste n'était plus un subalterne, mais son propre maître, et qu'il officiait dans un cabinet neuf aux chromes étincelants, les deux hommes s'étaient brouillés au sujet d'une question de prothèse lors d'une conférence à Hambourg et avaient coupé les ponts. Mais à cause de cette histoire de routiers, il avait toujours gardé une grande estime pour ce vieillard têtu. Le dentiste avait même songé plus d'une fois à mettre à son tour en place un cabinet du dimanche pour chauffeurs de poids lourds. Mais il ne connaissait rien à ce monde, à la différence de son directeur de thèse qui venait lui-même d'une famille de routiers et parlait leur langue. Comment les mettre en confiance ? « Alors, où votre route vous mènera-t-elle demain ? » ou « Qu'est-ce que vous avez transporté de beau hier ? » Non, il finissait toujours par laisser tomber les routiers.

Il commençait à faire nuit, et le dentiste avait les yeux rivés sur le fin croissant de lune. À défaut de savoir comment les Vietnamiens fonctionnaient, il avait parlé aujourd'hui avec l'un d'entre eux – un point pour les Vietnamiens contre les routiers. Lorsque l'étoile du berger vint se placer à gauche de la lune, sa décision était prise. Le dimanche matin, son cabinet appartiendrait aux Vietnamiens non assurés du quartier : Lý Phong et ses semblables. Ses routiers à lui seraient originaires d'Extrême-Orient. Les cabinets du dimanche sont le privilège des voyageurs au long cours. Il allait leur distribuer des cartes, en allemand et en vietnamien. Et dès cette semaine, il lancerait sa nouvelle activité dominicale.

Quelque part, il pressentait que tôt ou tard, à force de plans sur la comète qui le revigoraient comme jamais, son assistante de longue date ainsi que sa petite amie au physique avantageux finiraient par le quitter. Il ne pouvait pas savoir encore que son insolite cabinet du dimanche donnerait naissance à la légendaire et tout aussi bénévole agence d'interprétariat Teeth & Tongue dont la directrice – au physique pas particulièrement avantageux – viendrait lui rendre visite bien plus souvent que ne le réclamait son impeccable dentition. Mais il éprouvait déjà une grande satisfaction.

Il laissa sa voiture sur place et rentra chez lui à pied. Il voulait voir combien de boutiques vietnamiennes étaient installées dans le coin. Marcher était de toute façon meilleur pour la santé. Et il n'était pas pressé de rentrer chez lui. En dépassant le petit atelier de couture, il aperçut par la vitrine nue un homme et une femme assis devant leurs machines. Ils sentirent son regard et levèrent les yeux. Le dentiste leur fit un petit signe. Entre voisins. Sans laisser voir son étonnement, le couple répondit avec amabilité.

10

Lors des premières journées chaudes d'été, la mairie fut touchée par la vague. Ce fut l'équipe de surveillance de la voie publique qui l'y entraîna. Tout commença par un excès de bonne chère – ou plutôt de bonne chair. L'un des membres de la patrouille se retrouva incapable de dissimuler plus longtemps au regard vigilant de sa femme qu'il devait faire deux longues pauses pour gravir les trois étages menant à leur appartement et fut expédié chez le médecin *manu militari*.

« Si vous voulez profiter de vos petits-enfants, il va falloir vous mettre aux fruits et aux légumes », dit le médecin, et pour une fois il ne souriait pas.

« Je suis sérieux, insista-t-il.

— Mais c'est impossible avec mon travail, je suis toujours en vadrouille – on mange une *currywurst* sur le pouce ou on passe à la boulangerie. »

Le médecin le regarda d'un air inflexible par-dessus ses lunettes : « Quand on veut, on peut, répliqua-t-il.

Si vous continuez comme ça, vous n'allez pas vadrouiller longtemps. » Cette phrase valut quelques sueurs froides à l'agent de surveillance.

Le lendemain de sa visite chez le médecin, lorsque sa collègue, qui n'était pas non plus un poids plume, prit comme à leur habitude la direction du stand de saucisses, il lança : « Non, attends un peu… » et fouilla les environs du regard. Des fruits et des légumes, avait dit le médecin. Ses yeux s'arrêtèrent sur les barquettes en plastique garnies de tranches de mangue et de morceaux d'ananas que Hiền avait préparées de bon matin et que Sung avait disposées sur l'étal devant la boutique. Le prix lui parut tout à fait correct et il prit un petit pain blanc en plus, non : un petit pain complet. « Ça alors, plaisanta sa collègue. Tu es malade ?

— Oui », répondit-il dans une soudaine fuite en avant. La collègue le regarda l'air confus. Et parce qu'elle était gênée, elle l'imita et posa à son tour une barquette de mangue sur le comptoir. Mây, qui tenait la caisse ce jour-là, leur offrit deux fourchettes miniatures de couleur et une place sur le petit banc confectionné par Gấm au pied du platane. Les deux derrières en uniforme le remplissaient généreusement.

Les mangues n'étaient pas mauvaises, et se dorer la pilule au soleil n'était pas désagréable non plus. Le représentant de l'ordre public tâchait tant bien que mal d'oublier qu'il avait en fin d'année collé à cet endroit un avis exigeant la disparition du banc en question et fait parvenir à la boutique un imprimé où l'« adossement de places assises au patrimoine arboré » était qualifié d'« extension de surface commerciale sur la voie publique » et par conséquent d'infraction réglementaire, raison pour laquelle la « remise en état de la zone » était exigée. Fort heureusement, les propriétaires de la boutique n'avaient visiblement rien compris ou rien voulu comprendre, et fort heureusement, l'équipe avait bientôt reçu l'ordre de se concentrer dorénavant, dans le cadre de sa mission de surveillance, sur les déjections canines et les cyclistes contrevenants qui troublaient plus l'ordre public que les buveurs de café sur un banc. « Les déjections canines et les cyclistes contrevenants sont l'ennemi n° 1 de notre ville », avait-on décrété lors de la réunion du personnel. *Ce genre de banc avec fruits et légumes à disposition est en réalité bien dans l'ordre des choses*, se disait l'agent bedonnant qui se sentait un peu plus léger à chaque lamelle de mangue et contemplait d'un air songeur les silhouettes élancées des commerçants et livreurs vietnamiens en train de s'affairer sous ses yeux.

« C'était pas mal, non ? » demanda-t-il à sa collègue qui opina du chef avec un enthousiasme mesuré, se refusant à faire une croix sur une petite saucisse grillée après cette mise en bouche.

Ils se remirent en route, et sa collègue trouva très agréable que son compagnon soit aujourd'hui de si belle humeur et de toute évidence bien plus intéressé par les différents étals de fruits et de légumes que par les cyclistes contrevenants et les crottes de chien. Comme elle était elle-même d'une nature plutôt pacifique et accommodante, elle le laissa volontiers faire et déambula à ses côtés jusqu'à la mairie où elle le taquina un peu sur son régime à base de mangue devant les collègues, ce qui déclencha un débat parmi les agents de surveillance au sujet de la cuisine vietnamienne, et plus précisément des nouilles en général et du canard grillé en particulier, ce qui, diététiquement parlant, était déjà un petit dérapage. Comme on papotait joyeusement et qu'une Fassbrause[1] bien fraîche aurait permis de terminer cette journée de travail en beauté, le doyen du service évoqua un petit kiosque qui se trouvait autrefois au niveau de l'entrée du parking. Rien d'extraordinaire, mais c'était déjà ça. Il y avait de quoi se rafraîchir en été et se réchauffer en hiver, avec un brin de conversation en prime. Et c'était vrai qu'un lassi à la mangue frais et quelques petits nems croustillants n'auraient pas été de refus à cet instant précis…

Cette histoire de kiosque démoli on ne sait pourquoi rapportée par le vieux briscard se répandit au sein de la communauté vietnamienne, et tous ceux dotés d'une paire d'yeux purent constater que, parking ou non, il y avait à cet endroit encore de la

1. Boisson pétillante sans alcool *(N.d.T.)*.

place, et même quantité de place. C'est ainsi que la demande de stand fixe qu'un certain Nguyễn Văn Huy fit un peu plus tard auprès du service des commerces de cette même mairie ne tomba pas dans l'oreille d'un sourd. Le gestionnaire chargé du dossier songea que les mères du terrain de jeux d'en face seraient sans doute elles aussi ravies d'y trouver du café contre leurs coups de barre de l'après-midi et des fruits frais plutôt que des bonbons pour leur progéniture affamée. Au vu des bénéfices indéniables en matière d'appprovisionnement dans le secteur de la mairie, l'employé accorda bien volontiers son autorisation au kiosque de Nguyễn Văn Huy, natif du Vietnam. Ce nom étranger ne l'était pas tant que ça aux oreilles de cet homme qui était historien de formation avant d'être gestionnaire reconverti. Il lui rappelait les nombreux Nguyễn derrière lesquels s'était caché le héros persécuté par les services secrets de son mémoire de master « Le Vietnam et la libération de l'emprise coloniale » : Nguyễn Ái Quốc, Nguyễn Sinh Cung, Nguyễn Tất Thàn – autant d'avatars de Hồ Chí Minh –, et cette coïncidence avait très probablement contribué à fluidifier la procédure.

Quoi qu'il en soit, le kiosque de Nguyễn Văn Huy fut sur pied quelques semaines plus tard. Mais il n'était pas le seul à voir son commerce prospérer. Les cuisiniers vietnamiens du quartier se frottaient les mains face à l'explosion de leurs ventes tandis que l'industrie des boulettes, des saucisses et des frites enregistrait d'importantes pertes. Les clients consommaient plus de vitamine C et moins de graisse. Le tout sans la moindre campagne de prévention publique. Le mouvement s'autoentretenait : la bonne humeur collective augmentait à mesure que le poids des individus diminuait. Mais la timbale fut décrochée par les deux coquettes réquisitionnées par l'agence pour l'emploi afin de renforcer la surveillance de l'espace public et qui, à défaut d'avoir des problèmes de ligne, redoutaient le soleil dont les rayons décoloraient leurs cheveux teints de frais. Un soir, elles franchirent la porte de la mairie pour la réunion de fin de service coiffées de chapeaux pointus. Comme les deux petites malignes avaient auparavant peint leurs *nón lá* aux couleurs de leur uniforme et les avaient même pourvus d'une large bande réfléchissante, leurs supérieurs – et c'était l'effet escompté – en restèrent cois. Elles n'eurent même pas besoin de sortir l'argument de l'insolation et du congé maladie longue durée.

Cette customisation spontanée de l'uniforme fut bénéfique à tous : elle profita à l'épanouissement des deux modeuses, mais aussi aux collègues d'un certain âge qui pouvaient protéger leur calvitie naissante avec nettement plus de chic qu'à l'aide des casquettes à leur disposition dans le vestiaire de la mairie, et surtout aux cyclistes contrevenants et aux promeneurs de chiens qui voyaient désormais les *nón lá* arriver de loin et pouvaient passer rapidement du trottoir à la chaussée ou laisser ostensiblement pendre à leur main un petit sac en plastique portant l'inscription « Ville et chien ».

Un soir, après avoir traversé une flopée de chapeaux pointus bleu et argenté rassemblés devant le kiosque de Nguyễn Văn Huy pour rejoindre sa voiture, le gestionnaire s'arrêta et contempla un moment la mairie qui se dressait sous ses yeux, baignée de soleil, avec ses jolis toits échelonnés et à ses pieds le kiosque de Nguyễn Văn Huy et ses lanternes rouges. Il la contempla jusqu'à ne plus voir une mairie de Berlin-Est – qui, cet historien curieux de son environnement ne l'ignorait pas, était une ancienne léproserie –, mais une antique cité royale au cœur du Vietnam : Huế. Puis il monta dans sa voiture avec une idée un peu folle, qui lui paraissait pourtant tout à fait appropriée au regard de son passé politique. Et pas seulement du sien…

Le lendemain matin, un drapeau rouge immense, voire franchement surdimensionné, orné du portrait de Hồ Chí Minh flottait au-dessus du toit du bâtiment, et sur le grillage étaient accrochés des tracts expliquant que Hồ Chí Minh n'avait pas seulement été un meneur révolutionnaire vietnamien, autrement dit un poids lourd politique du XXe siècle, mais qu'il avait été dans ses jeunes années d'abord mousse, puis marmiton sous les ordres du fameux maître Escoffier à l'hôtel Carlton de Londres, retoucheur de photos dans le 17e arrondissement de Paris et enfin agent de l'Internationale communiste, avant d'entrer dans la clandestinité à Berlin sous la protection des travailleurs du quartier eux-mêmes ! Et les passants qui amenaient leurs enfants à la crèche ou venaient pour une demande de passeport s'arrêtaient pour les lire et bavarder un peu en disant : « C'est vrai ? Pas croyable ! »

L'air de rien, l'historien de formation marxiste-léniniste, que les vicissitudes de la vie avaient mené au département des affaires commerciales, se mêlait à leurs conversations. Il arriva avec une heure et demie de retard au bureau, ce qui lui valut une remarque bien sentie, mais il avait rencontré deux personnes qui en valait la peine : un père de famille en congé parental venu d'Offenburg, qui s'était moqué du drapeau gauchiste dans la lumière du matin et affichait à l'égard du léninisme des convictions philosophiques qui n'auraient pas pu être plus éloignées des siennes, mais qui n'en étaient pas moins intéressantes – très intéressantes ; ainsi qu'un cuisinier cubain dont le père et le grand-père avaient soutenu Lénine toute leur vie et qui, depuis leur mort, ne savait pas s'il devait ou non assumer leur héritage politique. Quel plaisir d'échanger avec ces deux hommes ! Enfin une discussion sérieuse !

Les trois hommes s'étaient ensuite retrouvés pour un petit atelier d'histoire. Point de rendez-vous : le kiosque Nguyễn Văn Huy. Et il apparut bientôt que celui-ci, qui n'était apparenté à Hồ Chí Minh ni de près ni de loin, mais avait été élevé par deux activistes du Việt cộng, avait quelque chose à apporter à ces rencontres, et ce non seulement sur le plan culinaire, mais aussi argumentatif.

« Huế, dit-il au gestionnaire qui avait autorisé le kiosque et portait Hồ Chí Minh aux nues, fut une victoire de vingt-trois jours, et une victoire terrible. Après ça, mes parents ont retiré leur uniforme. Vous voulez savoir pourquoi ? »

C'est ainsi que Nguyễn Văn Huy allait devenir le quatrième membre fondateur de la Ligue pour la Fondation d'une Néopensée. Que ce nouveau parti ait les mêmes initiales que le Front National de Libération fit monter un sourire fin aux lèvres de Nguyễn Văn Huy, mais il n'alla pas le crier sur les toits. Ça n'aurait pas rendu service à leur affaire.

Lorsqu'il fut interrogé par la police convoquée sur place le jour du drapeau rouge, Nguyễn Văn Huy ne se doutait assurément pas de ce développement. Grâce aux coups de Hiền, il avait fait suffisamment de progrès en allemand pour pouvoir affirmer avec conviction qu'il n'avait rien, absolument rien à voir avec ce drapeau là-haut. On poursuivit l'enquête à contrecœur jusque dans les bureaux sous les toits, mais en vain. Un cordiste certifié fut mandaté pour démonter le drapeau. Mais il ne vint que le surlendemain. C'est ainsi que l'esprit de Hồ Chí Minh souffla pendant quarante-huit heures sur la mairie de Prenzlauer Berg, district de Pankow, Berlin. Un délai suffisant pour attirer de tous les coins de la ville, et même de bien au-delà des frontières municipales et régionales, les journalistes parmi lesquels la nouvelle s'était répandue comme une traînée de poudre. Cette image à sensation fit le tour du monde. Et bien que la majorité des reportages aient écarté la possibilité d'un changement de régime en Allemagne, certains lecteurs n'en furent pas moins convaincus que le mur avait été reconstruit et qu'il faudrait dorénavant un visa pour rejoindre Berlin-Est.

Dans ce branle-bas de combat, on ne s'aperçut ni que Hô Chí Minh n'avait en réalité pas été hébergé par le prolétariat de gauche de Prenzlauer Berg, mais dans un pavillon de Neukölln – ce que l'historien n'ignorait pas, mais qu'il avait, pour des raisons stratégiques, préféré taire – ni que le cordiste certifié, se gardant bien de remettre le drapeau de Hô Chí Minh à la police, le fourrait dans le coffre de sa camionnette avec tout son équipement, dans l'espoir de lui trouver une autre utilité.

11

Dans les librairies du quartier, on pensa pouvoir facilement prendre le train en marche. Ça ne devait pas être bien compliqué de jouer la carte vietnamienne en garnissant la vitrine de livres provenant du pays entre le delta du fleuve Rouge et celui du Mékong. Mais les choses se révélèrent plus compliquées. Les libraires épluchèrent les catalogues de maisons d'édition et trouvèrent pléthore de guides de voyage – mais ce fut à peu près tout. Où se cachaient les épais romans traduits, les anthologies de poésie, les romans graphiques des jeunes auteurs de Saigon – oh ! pardon : de Hô-Chí-Minh-Ville ? Les libraires s'agaçaient de voir que leurs vitrines ressemblaient à s'y méprendre à celles des agences de voyages et, leur journée de travail terminée, ils restaient jusque tard dans la soirée assis devant leur ordinateur pour tenter de débusquer des livres vietnamiens, de vrais livres vietnamiens.

Chez des éditeurs de livres d'art, ils commandèrent des ouvrages illustrés à des prix exorbitants, qui n'avaient été que sommairement dépoussiérés d'un long séjour dans la réserve ; ils les disposèrent à bonne distance de quelques guides de voyage et deux traductions de romans français dont l'intrigue se déroulait au Vietnam. Après de longues et vaines recherches, l'une des libraires prit l'affaire en main, téléphona à deux ou trois grands éditeurs et les interrogea sur la raison de ce scandaleux abandon du domaine vietnamien. Ce pays n'avait-il pas une riche tradition ? À Hanoi, il y avait même un temple de la littérature. Quel pays, quelle ville pouvait en dire autant ? Est-ce que la révolution, la guerre, la réunification n'avaient pas donné naissance à une littérature qui aurait gagné à être lue ici ? Le vietnamien ne devait quand même pas être plus difficile à traduire que le chinois et le japonais. L'un des responsables éditoriaux interrogé par la libraire dans le lointain Francfort, quoique troublé par la véhémence de son propos, finit par lui donner raison. Il allait se pencher sur la question. Oui, promis, oui oui, merci pour ces informations. Et meilleures salutations.

« Je rappellerai, menaça la librairie qui était en grande forme.

— Faites donc », répondit l'éditeur avant de raccrocher avec un profond soupir et de réclamer un café en interpellant la stagiaire dans ces termes : « Par hasard, vous ne parleriez pas vietnamien ? »

Riant sous cape, le plus vieux bouquiniste du quartier, qui l'était déjà bien avant que le mur fût construit et l'était toujours bien après qu'il avait été abattu, entreprit lui aussi de décorer sa vitrine. Eh oui, l'heure de gloire des maisons d'édition disparues de la RDA avait sonné. Tout devant, pour que les enfants les voient bien, il disposa les vieux magazines *Bummi* avec leurs maquettes, leurs histoires illustrées venues du Vietnam et leurs appels aux dons : de l'argent et des timbres pour les lits des enfants vietnamiens. Un édito de Walter Ulbricht : « De si petits enfants sont déjà capables de penser aux enfants du Vietnam. C'est formidable ! » Le bouquiniste pouffa de rire. Venaient ensuite les recueils de poèmes. Des poèmes d'enfants. D'enfants privés d'enfance par la guerre qui voulaient la retrouver avec leurs mots à eux : « Mon cerf-volant en a marre du vent. » Il se souvint de la manière dont ce petit livre avait atterri dans sa boutique, hérité d'un professeur mort trop tôt. Il l'avait feuilleté et avait été touché par cette guerre lointaine comme seul pouvait l'être un enfant de la guerre. Pendant toutes ces années, le livre était resté sur le rayon des anthologies traduites sans que personne n'y prête la moindre attention.

De ses vieux doigts plus très adroits, le bouquiniste gomma le prix de l'avant-dernière page et apposa un petit carton : « Non destiné à la vente. » Il réussit encore à dégotter cinq recueils de contes vietnamiens, tous richement illustrés : de merveilleuses gravures sur bois, des linogravures superbement coloriées, des estampes burlesques pleines d'onirisme – de la meilleure école tchèque –, des ornementations fantaisistes, de délicates aquarelles. Le tout traduit directement du vietnamien, avec des préfaces de chercheurs renommés. Les maisons d'édition faisaient les choses sérieusement. Il augmenta les prix d'un bon trente pour cent. Finalement, il bricola un petit présentoir pour le clou de sa collection : *L'Histoire de Kiều.* L'équivalent vietnamien de la Chanson des Niebelungen. En plus beau encore. Une épopée nationale de trois mille deux cent cinquante-quatre vers, composée en pentamètres iambiques, traduite par un couple de linguistes en presque sept ans de travail. Avant la deuxième guerre d'Indochine. Il avait même rencontré le traducteur. Il était venu ici, dans la boutique, et avait passé deux heures à fureter. Le bouquiniste ne se rappelait pas comment ils avaient entamé la conversation et étaient passés de Gottfried Keller à Nguyễn Du et de *Henri le Vert* à *L'Histoire de Kiều*, mais il se souvenait précisément que ça s'était passé ainsi. Ç'avait été l'une de ces rencontres qui faisaient le sel de son métier.

Avec un petit sourire satisfait, il posa en éventail le livre gracieusement illustré au pinceau sur le présentoir. Juste à côté, il plaça la version vietnamienne, une édition de poche toute simple et bien fatiguée. Il l'avait achetée des années auparavant à une Vietnamienne qui avait visiblement un urgent besoin d'argent. Elle lui avait proposé tous ses petits lexiques germano-vietnamiens ainsi que pas moins de douze livres en français sur les récifs coralliens – et, pour finir, son exemplaire de *Thủy Kiều* avec quelques légères ratures au crayon noir. Elle avait l'air désespérée et à deux doigts de se vendre tout entière si jamais il refusait de lui donner un peu d'argent pour ses livres. Bien évidemment, le bouquiniste se doutait déjà qu'il allait garder les récifs coralliens français sur les bras jusqu'à la fin de ses jours, mais il avait accepté en soupirant. Il avait demandé à la jeune femme le titre du livre vietnamien, lui avait même montré la traduction allemande tandis qu'elle se laissait faire avec une courtoisie crispée, et s'était pour finir acquitté d'une somme plus que correcte. Comme il lui tendait l'argent, sa retenue s'était envolée et elle l'avait gratifié d'un large sourire comme si ce billet de 50 euros venait de la sauver de l'enfer – et peut-être était-ce le cas. Il ouvrit le livre de poche vietnamien, admira de nouveau les caractères enrubannés de points, de barres, de crochets, à la fois familiers et étranges, et posa devant les deux livres le panonceau « PRIX SUR DEMANDE ». Il tenait à les savoir en de bonnes mains.

12

En mai, le nombre de mariages augmentait vertigineusement avant de redescendre progressivement : il en avait toujours été ainsi, à Berlin-Prenzlauer Berg comme dans les autres agglomérations du pays. Mais cette année, c'était différent. Après le climax romantique ordinaire avec muguet et pluie de pétales de fleurs, loin de reculer, les chiffres poursuivirent continûment leur ascension. À l'état civil, on débattait des causes possibles de cette évolution inaccoutumée. Était-ce une nouvelle législation fiscale favorable aux couples unis devant la loi ? Était-ce le splendide tuk-tuk de mariage de Nguyễn Văn Huy qui attendait d'être loué par les jeunes époux sous les lanternes rouges ? Ou était-ce simplement la bonne ambiance du quartier ? Une collègue pleine d'expérience et dans la fleur de l'âge mit les pieds dans le plat.

« Ce sont les hormones, dit-elle. Le mois de mai arrive pour ainsi dire un peu avant le milieu du cycle.

Les hormones grimpent en flèche. (Elle dessina un impressionnant virage en épingle dans les airs.) Puis vient l'ovulation. (Elle claqua des doigts.) Et ensuite, elles finissent normalement par chuter. (Sa main retomba à plat sur la table au milieu des tasses de café.) Mais en ce moment, les hormones continuent d'augmenter. (Sa main s'envolait de nouveau dans les hauteurs.) Alors, qu'est-ce que ça veut dire ? »

Ses trois collègues, tous autour de la soixantaine et chacun père de famille, la regardaient avec autant de perplexité que de curiosité. La jeune apprentie s'empourpra.

« Prenzlauer Berg est tombée enceinte. » C'est ainsi que la collègue, qui n'était ni trop vieille ni trop jeune pour prendre la vie de son côté le plus naturel, conclut sa petite démonstration, avant de tourner les talons avec un clin d'œil.

C'était une analyse aussi brève que percutante. Prenzlauer Berg couvait effectivement quelque chose – quelque chose en lien avec son histoire et ses habitants. Ses habitants dont désormais les Phúc, les Long et Duy, les Ngọc, Tú, Jenny et Trung faisaient plus que jamais partie. Mais à ce stade, on ne pouvait pas encore le formuler aussi directement. Cela flottait en quelque sorte dans les airs – même si des mariages vietnamiens et parfois, quoique rarement, germano-vietnamiens étaient aussi célébrés depuis belle lurette à l'état civil de Prenzlauer Berg. Des mariages vus d'un mauvais œil à l'époque du mur et dont les dossiers traînaient jusqu'à être mystérieusement classés.

Longtemps après que les joyeux lurons se furent repliés dans leurs bureaux avec leurs tasses de café, l'un des officiers d'état civil d'un certain âge continua à hocher la tête. Oui, sa collègue avait marqué un point. Évidemment, il avait lui aussi constaté qu'une humeur enjouée régnait parmi ses administrés, mais il n'aurait pas su mettre des mots dessus comme elle l'avait fait. Dans l'absolu, il n'était pas doué avec les mots. Ses brèves prises de parole devant les couples décidés à s'unir étaient toujours passablement austères. En revanche, il avait une très jolie écriture. C'était sa véritable vocation. Calligraphier les noms et les dates. Écolier, il possédait déjà un classeur rempli de modèles de graphies qu'il avait chipé à un artiste peintre de la Schönhauser Allee. Tandis que ses deux frères taquinaient la balle, il s'entraînait au gothique rond et à l'écriture des clercs, aux minuscules carolingiennes et au sütterlin à l'aide d'un calame. Ce sera un lettré, disait-on. Ce qui ne l'avait pas empêché de finir dans un bureau. Lorsqu'il s'était rendu compte qu'il n'en sortirait plus, il s'était fait muter jusqu'à atterrir à un poste où il lui était au moins possible d'exercer ses talents de calligraphe.

Il en avait encore pour trois ans. Et voilà qu'en cette dernière année, il croulait sous le travail, et ce alors que les jeunes d'aujourd'hui n'étaient guère enclins au mariage. Ils trouvaient un appartement sans avoir besoin des pleins et déliés de l'état civil, tout au plus d'un formulaire imprimé par les services sociaux. Mais ils venaient quand même, pas seulement les jeunes, mais aussi les moins jeunes et même ceux qui, comme lui-même, approchaient dangereusement de la retraite. Et parmi ces couples de toutes les tranches d'âge, rares étaient ceux à faire un mariage de raison ou de nécessité. Il reconnaissait ces derniers en un clin d'œil. Et il en devenait encore plus austère. Au cours de cette dernière année, il avait fait une demande de réduction de temps de travail et obtenu satisfaction. Mais il reçut en ce mois de mai la visite de son supérieur qui lui demandait instamment de reprendre le travail à temps plein, au moins jusqu'à la fin de l'été, car d'ici novembre, l'afflux finirait bien par retomber. Qui voudrait se marier dans la purée de pois ou sous la bruine, par des températures à peine supérieures à 0 °C, entre la fête des Morts et le jour du Souvenir ?

« Attendons de voir », répliqua l'officier d'état civil. Le supérieur, natif de Rostock, atteignait parfois ses limites face aux gens qui peuplaient son administration. Mais l'officier d'état civil était d'ici et pas d'ailleurs. Il avait vu le jour dans la Kopenhagener Straße – d'un côté le métro direction Schönhauser, de l'autre les projecteurs du stade Ludwig Friedrich Jahn. Il savait bien que tout ne se passait pas forcément comme prévu à Prenzlauer Berg. Il n'aurait en tout cas certainement pas juré que le pic de mai se transformerait en plateau d'ici Noël. Il finit par acquiescer : « Entendu, va pour le temps plein. »

Après la petite démonstration de sa collègue, l'officier d'état civil en vint à se considérer comme une sorte de sage-femme chargée de la grossesse de Prenzlauer Berg. L'image lui plaisait de plus en plus. Peut-être aussi y était-il particulièrement sensible parce que sa fille attendait son deuxième enfant et qu'il se réjouissait tout autant de sa venue qu'il s'était réjoui de celle de chacun de ses quatre enfants et de son premier petit-fils qu'il allait souvent chercher à l'école lorsque sa fille était encore au travail. Par amour pour ses enfants, il avait voulu transformer un tiers de son temps de travail en temps familial. Alors soit.

En cette soirée de fin d'été, il prit le chemin de sa maison et s'arrêta devant une devanture. Cette calligraphie que son œil exercé avait aussitôt repérée était vraiment remarquable. Comme un petit garçon qui colle son nez à la vitrine pour voir les châteaux forts avant Noël, il se tordait le cou afin de détailler le petit livre sur le présentoir. Un bel alphabet. Des caractères qu'il était capable de déchiffrer, mais enrichis de délicats ornements – ce qu'on appelait des signes diacritiques. Ils étaient répartis au gré des caractères dans un ordre inconnu de lui et pourtant apparemment étudié de près. Il resta longtemps face à la devanture à essayer de graver tel ou tel signe dans sa mémoire. Demain, se promit-il, il irait à la boutique dès sa journée de travail terminée. « Prix sur demande » : avec un peu de chance, ça ne serait pas trop cher.

Lorsqu'il interrogea le propriétaire le lendemain, ce dernier minauda un peu. « Les deux sont indissociables », expliqua-t-il en montrant la traduction allemande de *Thủy Kiều*. L'officier d'état civil la prit brièvement en main, mais ne trouva aucun intérêt à ce livre qui alignait les vers dans une police on ne peut plus banale. Sa veine poétique en était franchement anémiée.

« L'œuvre maîtresse de la littérature vietnamienne, dit le bouquiniste qui tâtait le terrain histoire de vérifier si ce client n'était pas malgré tout un acheteur potentiel.

— Hum, se contenta-t-il de grommeler avant de se pencher de nouveau sur l'écriture dont la structure commençait à lui apparaître sans qu'il soit capable d'en prononcer le moindre mot. On ne peut vraiment pas l'acheter séparément ? » insista-t-il. Le bouquiniste secoua la tête et remit les deux livres sur le présentoir.

« Je suis navré, dit-il. L'un ne va pas sans l'autre. » *Drôle de zèbre*, pensa-t-il en son for intérieur. Mais parce qu'il en était un aussi, il éprouvait une certaine sympathie pour cet homme. Dommage qu'il n'ait d'yeux que pour l'un des deux livres.

Il revint tout de même, à cinq reprises en trois semaines. Et chaque fois, le bouquiniste allait lui chercher le livre de poche sur le présentoir. Il avait pourtant reçu d'autres demandes entre-temps. Mais il ne voulait pas d'une clientèle victime d'un effet de mode, il voulait quelqu'un de sérieux, une personne sensible à l'histoire et à la littérature. Il n'avait pas encore découvert à quoi le drôle de zèbre était sensible. Mais au moins, il faisait preuve de détermination et de loyauté. C'était déjà bien. Il y avait peut-être quelque chose à en tirer.

Ce devait être à peu près sa troisième visite lorsque le client, qui était toujours un acheteur potentiel, après avoir attentivement examiné quelques pages du livre, redressa la tête pour demander : « C'est quoi cet alphabet, au juste ? » Le bouquiniste leva les yeux et réprima un éclat de rire. Ce type était encore plus étonnant qu'il ne l'avait cru. Il étudiait les caractères des heures durant sans avoir la moindre idée de la langue dans laquelle il se perdait.

« Du vietnamien, répondit-il.

— Je pensais qu'ils utilisaient l'alphabet chinois, dit l'officier d'état civil.

— Autrefois, oui, répliqua le bouquiniste qui, de par son métier, était un puits de science. Puis ils ont décidé de se faciliter la vie et sont passés au latin – avec des crochets, pour ainsi dire. »

Tous deux sourirent et se penchèrent d'un même mouvement sur le livre. S'ensuivit une belle discussion sur les écritures anciennes, au cours de laquelle divers fac-similés d'œuvres furent exhumés des recoins cachés de la bouquinerie, tandis que les clients qui entraient dans la boutique se voyaient expédiés sans cérémonie. Ils poursuivirent la discussion lors des visites suivantes. Chaque fois, l'officier d'état civil feuilletait le livre étrange qui l'avait attiré entre ces murs, et la question de l'achat et du prix devenait de plus en plus accessoire.

Il fallut un moment à l'officier d'état civil pour prendre conscience que l'écriture vietnamienne était intrinsèquement liée à la langue vietnamienne et que celle-ci était le moyen de communication d'individus en chair et en os de son entourage immédiat, notamment les marchands de fruits et de légumes chez lesquels il faisait ses courses. Et il fallut encore plus longtemps pour qu'un souvenir lui revienne, lentement et implacablement. Il finit par revoir la scène avec une telle clarté qu'il eut l'impression que c'était hier seulement qu'il s'arrêtait devant les étals de ces boutiques pour demander à son petit-fils tout juste entré en 2e de trouver les fautes d'orthographe sur les panonceaux en carton. Il y en avait un certain nombre. Et la récolte était toujours bonne.

L'idée ne lui était pas venue que les marchands de fruits et de légumes vietnamiens écrivaient le nom des produits comme ils les entendaient de la bouche des Allemands et que la prononciation de ces derniers n'était visiblement pas irréprochable ; il ne s'était pas non plus rendu compte qu'il n'était pas très gentil de se planter devant la boutique de quelqu'un pour débusquer des fautes – et les compter. Oui, tout à fait, les compter. Car son petit-fils ne devait pas seulement apprendre l'orthographe, mais aussi l'arithmétique. Ils additionnaient les fautes des fruits avec celles des légumes. Un bon exercice de calcul mental. Et un jour, l'un des commerçants avait escamoté les cartons à toute vitesse sous leurs yeux et gardé la tête baissée quand ils étaient venus payer les fruits à la caisse.

L'officier d'état civil était assis seul dans son bureau lorsque cette scène lui était revenue, et malgré ça il avait rougi et senti son col le serrer. Sachant que ces gens utilisaient ce merveilleux alphabet pour transcrire une langue qui était la seule sur cette planète à distinguer six tons à l'aide de signes diacritiques, leur faire remarquer leurs faiblesses dans l'emploi d'une langue allemande dépourvue de toute intonation – langue que personne ne leur avait apprise et faiblesses qui n'étaient en rien dommageables au commerce des pommes et du chou pointu – était une grave erreur. Et qui plus est, en compagnie de son petit-fils. Quel exemple il donnait là !

Il était bourrelé de remords ; mais quelques jours passèrent encore avant qu'il prenne conscience de sa propre manière d'écrire, qui n'était guère plus glorieuse que les variétés de pommes retranscrites phonétiquement sur les états vietnamiens. Lors des mariages, n'écrivait-il pas les noms des couples vietnamiens sans le moindre signe diacritique, en toute nudité et ignorance ? Son incompétence qui s'étalait à présent sous ses yeux porta un coup à sa fierté professionnelle. Il était temps d'y remédier. De faire amende honorable. Avec une rapidité qui ne lui était pas coutumière, il se renseigna sur les cours de vietnamien et se retrouva avec Hiền à l'école primaire.

Il devint l'un de ses élèves les plus doués et sans conteste le premier de la classe pour les travaux écrits. Pleine d'admiration, Hiền lui suggéra d'étudier aussi les petits ronds birmans, les carrés coréens et les arcs cambodgiens. « Tu peux être auditeur libre », lui dit-elle. Sung lui avait parlé de ces hommes d'âge mûr qui, après avoir dirigé des agences bancaires ou modelé des couronnes dans des laboratoires de prothèse dentaire pendant quarante ans, étaient soudain assoiffés de connaissances. Par exemple, qu'en était-il de cette histoire de Toutankhamon : meurtre ou pas meurtre ? Et dans quelles circonstances au juste le panthéon était-il devenu la salle au trésor de la ligue de Délos ? Pour assouvir cette soif, ils s'inscrivaient à l'université et étudiaient avec une curiosité et un zèle dont s'amusaient les petits jeunes qui n'étaient pas venus à Berlin que pour les études. C'était tout à fait le cas de l'officier d'état civil aux yeux de Hiền. Celui-ci mordit aussitôt à l'hameçon et envisagea de nouveau la possibilité de prendre une retraite anticipée, cette fois pour se consacrer aux études. Mais il s'en alla d'abord acheter les deux *Kiều* au bouquiniste à la mine réjouie pour un prix dérisoire que l'officier d'état civil tenta sans succès de gonfler.

À la maison, sa femme s'empara de l'épopée versifiée au sujet de la belle que la pauvreté acculait à se vendre sans pour autant perdre sa dignité et lui lut à voix haute les passages les plus mélodieux – comme autrefois, avant leur mariage, du temps où elle lisait au béotien qu'il était ses poèmes préférés de Uhland d'une funeste beauté : « Le vieux dit au jeune homme : "Prépare-toi, mon fils ! / Songe à nos chants les plus graves, entonne-les à pleine voix, / Réunis toutes tes forces, ta joie et ta souffrance ; / Il nous faut aujourd'hui toucher le cœur de pierre du roi…"» À l'époque, *La Malédiction du chanteur* avait laissé de marbre l'officier d'état civil. Désormais, il écoutait avec plus d'application que par le passé : « Grande est la renommée, / dit Kim, / de vos talents de guitariste. / Longtemps j'ai emprunté / l'oreille de Chung Ky / dans l'espoir d'entendre / la chanson de l'eau et des montagnes. » Ça chantait, non ? Il se fit aussi envoyer les documents relatifs aux auditeurs libres par l'Institut des sciences de l'Asie et de l'Afrique. Il avait désormais bel et bien une chance de devenir un lettré sur ses vieux jours.

Avant ça, il avait encore un certain nombre d'unions à célébrer dans une Prenzlauer Berg en pleine frénésie de mariage. Parmi ces unions, il y en eut une qui le hanta longtemps, car elle lui était allée droit au cœur. Elle avait glissé une fleur orange foncé dans ses cheveux gris blond, il portait un costume à col montant. Tous deux étaient divorcés, ils n'étaient plus tout jeunes, mais ils formaient un beau couple. Et le plus beau fut qu'à la fin de la cérémonie, ils ne s'embrassèrent pas, mais se prirent la main d'un geste à la fois tendre et surpris, comme si leurs regards venaient de se croiser pour la première fois et qu'ils avaient au même instant décidé de passer le reste de leur vie ensemble. À croire que lui, l'officier d'état civil, n'était présent que par hasard. Il avait transcrit les informations personnelles du marié comme il le faisait depuis cet après-midi solitaire marqué par le sceau de la honte. Il consultait le lexique germano-vietnamien sur son étagère. En cas de doute, il faisait des recherches sur Internet, et parfois il se rendait à la boutique de Sung pour acheter des fruits et des bonbons et demander à Hiền de s'assurer que son orthographe était correcte. Lorsque Lý Phong vit que son nom, celui de ses parents et celui de son village étaient calligraphiés avec tout le raffinement de l'alphabet vietnamien, et encore plus joliment qu'ils ne l'avaient jamais été, un sourire illumina son visage et il montra le document à sa toute nouvelle épouse en lui disant, plein d'une surprise incrédule : « Il comprend notre langue ! »

L'officier d'état civil, qui ne croyait lui-même à rien au sens confessionnel, reçut ces paroles comme une absolution de ses péchés d'orgueil orthographique.

Par la suite, tandis qu'il fréquentait en tant qu'auditeur libre le séminaire d'études d'Asie du Sud-Est où il avait été accueilli à bras ouverts, sa femme prit la tête de l'ACCLM – l'Association pour la culture et la cuisine des légumes méconnus –, rassemblant des Allemandes et des Vietnamiennes du quartier qui s'appropriaient ses coins de verdure à l'abandon pour y cultiver des plantes potagères allemandes et asiatiques, et surtout pour passer du temps aux fourneaux à discuter toutes ensemble des sous-espèces de blettes et de topinambours, de roquette et de margoses, des notes des enfants à l'école, de ce que Confucius et Maria Montessori diraient de tout ça, des époux enragés et des subtilités des dossiers de retraite et des cartes de stationnement. Et c'est à ce moment-là qu'arriva sur le marché la nouvelle édition allemande de *Thủy Kiều* que le directeur éditorial d'une grosse maison de Francfort, après une brève et âpre négociation de droits, avait réussi à publier juste à temps pour en faire un succès commercial à l'apogée du mouvement.

13

Par la suite, les ponts de singe devaient être copiés dans nombre de grandes villes. D'abord à Londres, Paris et Prague, puis à New York, Sydney, Hong Kong et Tokyo. Mais ils ne connurent plus jamais l'anarchie désinvolte de ces journées berlinoises. C'était comme si la nature voulait prendre les rênes. Comme si, avec ses toiles d'araignées de fin d'été qui tissaient de longs fils de buisson en buisson, de feu piéton en panneau de circulation, elle voudrait montrer la voie au solide et délicat entrelacs de cordes dont les jeunes gens tendaient la ville. Rétrospectivement, ils furent considérés comme le véritable symbole du mouvement, plus que les marionnettes en bois et encore plus que les chapeaux pointus. Car les ponts de singe mettaient du mouvement dans le mouvement. À l'endroit où l'un d'eux était apparu dans la nuit, où des câbles étaient jetés entre deux toits, quelque part entre la Bornholmer et la Danziger Straße, on sortait les portables et les gens affluaient afin de vivre en direct les derniers encordements de la construction du pont.

Ce n'était pas conforme à la lettre de la législation, mais cette dernière, dans sa statique pesanteur, n'avait aucune chance face à la volatilité des ponts de singe. Et c'est ainsi que l'ensemble des tentatives pour y mettre fin tournèrent court avant même qu'on ait pu prendre les paris. On comptait sans doute sur le fait qu'il ne se passerait rien. Et à juste titre. Car cette zone de non-droit aérienne était parfaitement paisible et sûre. Si on le pressentait d'emblée, il fallait y regarder à deux fois pour s'en convaincre. À première vue, c'était l'ouvrage d'une bande de cinglés – avec de longues tignasses tressées et, encrées dans la peau, d'épouvantables créatures qu'on ne voulait surtout pas croiser dans l'obscurité. Et parmi eux se trouvait Định. Định qui les avait entraînés hors des sentiers battus. Mais auparavant, c'étaient eux qui avaient entraîné Định. À tout juste dix-huit ans, il avait atterri dans l'un de ces bistros dont l'existence était ignorée des touristes et de la majeure partie des nouveaux habitants, et ce alors même qu'ils étaient généralement situés dans l'une des rues les plus animées de Prenzlauer Berg. Ces bistros d'habitués savaient s'immuniser contre les intrus. Ici, on buvait la bière de fin de journée avec solennité. Et avec une clope. Entre collègues. Pas besoin de faire la conversation. Et ceux qui ne le comprenaient pas prenaient spontanément le large.

Định ne cherchait rien de plus qu'une chaise et une bière en poussant la porte d'un de ces bistros où les travailleurs acrobatiques aimaient se réunir pour recharger les batteries. Tête baissée, il s'était glissé sur une chaise libre et avait commencé à se saouler machinalement. Il n'était pas du métier, n'avait pas non plus de clope pour accompagner sa bière. Mais il avait si peu l'air en quête d'animation qu'on l'avait gentiment toléré et, au bout de quatre-vingt-dix bonnes minutes, tiré de son mutisme pour entamer une conversation laconique. Il en était ressorti que certaines commissions de certaines substances lui avaient valu quelques mois de prison pour mineurs. Il venait de s'acquitter de sa peine. Et deux heures plus tôt, son père lui avait claqué la porte au nez après que sa petite sœur la lui avait brièvement ouverte. Il n'avait même pas franchi le seuil. Il était à la rue.

Jusqu'à son quinzième anniversaire, Định avait été un élève plus que prometteur. Le président fédéral d'un pays dont ses parents ne comprenaient pas la langue l'avait chaudement congratulé pour avoir gagné un prix pour la jeunesse. En tant que plongeur de haut vol il avait rapporté à son club sportif de Berlin-Est sept médailles d'or et douze médailles d'argent lors de diverses compétitions municipales et régionales (et sur chacun de ces certificats, sans exception, son nom était écorché de différentes manières) jusqu'au jour où, d'abord au sommet du plongeoir de dix mètres puis même une fois au sol, il avait été pris de vertiges au point d'en perdre l'équilibre – et si ce détail faisait à proprement parler partie intégrante de l'histoire, il n'avait pas sa place parmi les travailleurs acrobatiques. Car à ce compte, ils n'auraient peut-être pas fini par lui dire : « Viens avec nous. » Et parce qu'après ce « Viens avec nous », et bien qu'il n'ait rien répondu et se soit contenté de les observer de son drôle de regard dont on ne savait pas vraiment s'il était noyé de bière ou de larmes, Định était déjà presque des leurs, l'un des hommes avait réglé son addition et un autre lui avait proposé un matelas gonflable dans son appartement.

Le lendemain matin, à 7 h 50, avec encore quelques grammes d'alcool dans le sang et le sentiment confus que régler son contentieux avec les hauteurs ne pourrait pas lui faire de mal, Định signait le contrat pour une formation de dix jours en vue de devenir cordiste certifié. En moins de temps qu'il n'en faut pour le dire, il se hissa dans les airs à l'aide de câbles le long de façades d'immeubles, et parce que personne n'attendait de lui qu'il plonge ou se laisse tomber de là-haut avec un salto arrière et deux vrilles et demie jusque dans les profondeurs bleutées, mais simplement qu'il nettoie quelques fenêtres à peu près correctement, il finit par se détendre. Oui, les câbles rugueux et les nœuds souples, les sangles solides et le métal froid des mousquetons qui sécurisaient son ascension et sa descente lui plaisaient bien.

Il se mit à apprécier la manière dont son corps léger faisait contrepoids face au vent qui s'engouffrait au coin des immeubles. Il attendait avec impatience la bière bien méritée bue au bistro en fin de journée. Et parce que cet été-là, le temps était perpétuellement au beau fixe – un anticyclone coincé entre une dépression sur la Russie et une autre sur l'Atlantique qui ne bougeait pas d'un pouce –, il allait le dimanche au parc où l'un de ses collègues, accompagné de sa femme et de son fils, tendait des cordes entre les arbres pour jouer les équilibristes, tandis que les pique-niqueurs alentour saluaient chaque trajet réussi d'une salve d'applaudissements.

Beaucoup de ces pique-niqueurs portaient un *nón lá* comme on en trouvait maintenant dans la moindre boutique tenue par des Vietnamiens, c'est-à-dire dans trois, quatre ou cinq endroits de chaque rue de taille moyenne. Ces *nón lá* rappelaient à Định son grand-père du Vietnam auquel, enfant, il avait rendu deux visites de quelques semaines. Il avait pris l'avion tout seul. Avec ce grand-père, on n'allait pas au zoo ni chez le marchand de glaces, comme le faisaient les enfants en Allemagne. Avec ce grand-père, on allait travailler. Định le suivait pieds nus sur le sol humide jusque dans ses maigres champs. Quand l'eau était trop haute, ou qu'il n'y avait pas de chemin, ou alors que celui-ci avait été inondé pendant la nuit, on construisait en deux temps trois mouvements un pont fait de tiges de bambou et de cordes de chanvre.

Le grand-père riait quand Định hésitait à poser le pied sur la frêle et chancelante corde, puis il faisait avancer Định juste devant lui, entre ses bras. Au bout de quelques jours, Định se réjouissait de construire chaque pont. Il aidait à les tendre et à les perfectionner et leur donnait des noms : le grand pont, le petit pont, le pont céleste, le pont aux fleurs, le pont aux roseaux, le pont au tigre, le pont aux serpents. Avant de retourner en Allemagne, il avait pris congé de chacun d'eux par un rapide aller-retour.

Định était à présent allongé sur la pelouse sans sentir les piqûres des fourmis. Il observait son collègue et son fils, les pique-niqueurs avec leurs chapeaux pointus, et pensait à son grand-père qui lui construisait des ponts, à son père qui lui claquait la porte au nez en se demandant si lui aussi aurait un jour un fils et s'il serait alors plus constructeur de ponts ou claqueur de portes. Lui, Định, cordiste condamné, élève modèle déchu, espoir olympique désavoué. Puis il se leva, épousseta les fourmis sur son jean et demanda à son collègue : « Est-ce que tu sais ce qu'est un pont de singe ? » Ce dernier n'en savait rien, et après les explications de Định, il déclara : « Cool. Sauf qu'ici on n'a pas de fleuves qui inondent tout sans arrêt.

— On a des flux de circulation », répliqua Định avec un signe de tête en direction de la Danziger Straße d'où l'on entendait distinctement l'un de ces flux. Le collègue regarda son camarade vietnamien et son visage barbu s'éclaira d'un large sourire qui ne devait plus le quitter pendant plusieurs jours. Pas même durant la nuit, comme le constata sa femme en allumant pour aller voir leur fils qui toussait.

Elle n'avait encore jamais vu une chose pareille. Elle tamisa la lampe de chevet, sortit son bloc à dessin et tenta de fixer sur le papier cette expression telle qu'elle apparaissait sur les traits de son homme. Le résultat fut plutôt satisfaisant (même si ses cours d'arts plastiques remontaient déjà à quelques années), et elle le montra par la suite à tous ceux qui ne voulaient pas croire qu'elle partageait sa vie avec un homme qu'une idée tordue faisait jubiler au point de s'incruster dans les commissures de ses lèvres et ses pattes d'oie et de résister même aux ondes delta du sommeil profond. Elle se demanda si le sourire s'était pris dans ses poils de barbe et ce qu'il adviendrait de lui en cas de rasage. Mais comme cette éventualité était aussi peu probable qu'un sourire sans barbe qui se mettrait à errer comme une âme en peine à travers leur chambre – n'avait-elle pas lu quelque part une histoire de chat souriant ? –, elle reposa le papier et le crayon déroutée par ses propres divagations nocturnes, et se cala contre ses oreillers pour essayer de se rendormir avant que le réveil sonne ou que leur fils recommence à tousser.

En réalité, l'idée tordue ne s'était pas seulement imprimée sur les traits du cordiste, mais aussi dans sa tête. Et il n'était pas du genre à lâcher le morceau. En compagnie de Định, il chercha *monkey bridge*, « pont de singe » et *câu treo* sur Internet. Ils trouvèrent des plans de construction détaillés et des images à couper le souffle. Comme des écoliers agglutinés autour d'une Nintendo, une douzaine de cordistes se trouva rassemblée au bistro le soir venu, à se tordre le cou au-dessus d'un écran de téléphone de sept centimètres sur quatre, à pousser des cris d'étonnement et à se donner des coups de coude : « Mon vieux, quel pont ! » Ils écumèrent les quincailleries à la recherche de bambous et de cordes de chanvre adéquates. Ce qu'ils trouvèrent aurait pu convenir, sur les plans quantitatif et qualitatif, à l'aménagement d'un jardin d'agrément à la japonaise, mais pas à la construction d'un pont de singe. Ils parlèrent à leur chef qui fut contaminé par leur sourire et leur prêta pour le week-end une camionnette avec laquelle ils parcoururent à cinq 532 kilomètres vers l'Ouest pour se rendre dans les grandes surfaces spécialisées de la région et s'y approvisionner en légendaire bambou *tâm vong*, également connu sous le nom de *dendrocalamus strictus* et de *vulgo iron bamboo*, ainsi qu'en corde torsadée de Manille et en câbles de chanvre tressé classés en tête de liste pour leur résistance aux chocs. Dans le Bas-Rhin, où le samedi vers 16 heures les vendeurs de grandes surfaces commençaient à trépigner d'impatience en pensant au bistro du coin et à la première bière du soir, on dut prendre sur soi pour ne pas mettre à la porte des entrepôts ces gaillards en pleine frénésie d'achat flanqués d'une plaque d'immatriculation berlinoise.

Ils renversèrent la banquette arrière, et trois des cinq compères se glissèrent au milieu des tiges de bambous et des rouleaux de câbles au mépris du code de la route. Ils parcoururent les notices d'instruction qu'ils avaient récoltées avant de se lancer dans un débat sur la prise en main, la stabilité et les variantes de nœuds, et Định, installé au volant, répéta une fois de plus, tandis que la nuit tombait, tout ce qu'il avait appris de la bouche et des mains de son grand-père au sujet des ponts de singe, de sorte qu'on aurait eu complètement tort de considérer cette virée shopping comme une excursion bien arrosée. Si quelques bouteilles de bière avaient été décapsulées, ce projet relevait bel et bien de la formation continue. Une formation continue qui n'avait fait l'objet d'aucune candidature – sans même parler de l'obtention d'une certification – et ne figurerait jamais sur le CV des intéressés, mais dont les conséquences hors du commun ne tardèrent pas à se manifester à travers Berlin.

Ils commencèrent modestement et au ras du sol, entre les arbres du parc. Ils assemblèrent les bambous en triangle et, faute de pouvoir les planter dans la boue, ils inventèrent une technique de ficelage qui assurait leur stabilité sur un sol sec. Une fois qu'ils eurent découvert comment pousser des tiges de bambous tendues de cordes à l'horizontale dans le vide, c'est-à-dire en les faisant coulisser en suspension au-dessus de la pointe du triangle, et qu'ils eurent aussi compris comment nouer aux tiges une rampe sommaire (un garde-corps tout simple, mais visuellement très réussi), il fut temps de passer l'épreuve du feu : un pont de singe reliant la façade d'un vieil hôpital à celle d'un centre de fitness, toutes deux couvertes d'échafaudages.

Ce premier pont de singe de grande envergure passait au-dessus d'un terrain de foot à quatre mètres de hauteur et provoqua un considérable ralentissement de jeu lorsque Định l'emprunta pour la première fois un samedi midi. La célèbre gouaille berlinoise ne se fit pas attendre longtemps. Dès le lendemain matin, à la première page du supplément local de l'édition du dimanche d'un grand quotidien, on trouva sous le titre « Pont du Levant » une belle photo de Định en train de traverser le terrain dans les airs – avec seulement quelques bambous et un peu de câble sous ses pieds nus.

Lorsque, le lendemain matin à 9 h 15, le service des travaux publics se présenta, le pont avait disparu. On regarda en l'air et afficha une mine déconfite – le dossier de textes de loi et le stylo Bic coincés sous le bras, la tête renversée en arrière, à la recherche d'une infraction à la réglementation sur les constructions. Mais au-dessus du terrain de foot, il n'y avait rien d'autre à voir que le ciel de Berlin avec quelques inoffensifs petits moutons de nuages. Des rumeurs de photomontage se répandirent.

Histoire de ne pas rentrer complètement bredouille, l'ingénieur de contrôle mesura à pied la distance entre l'hôpital et le centre de fitness avec la coupure de journal à la main pour évaluer la longueur du pont disparu qui, dans la mesure où il faisait bien plus de cinq mètres, aurait assurément dû être soumis à autorisation. Car au regard de la norme DIN 1076 de la publication n° B 5276 relative aux transports, il ne faisait aucun doute que toute voie de circulation franchissant une autre voie de circulation, un plan d'eau ou un terrain en contrebas était considérée comme un pont à partir du moment où les culées étaient espacées de deux mètres ou plus. Malgré tout, l'ingénieur de contrôle n'était pas complètement certain du mode de calcul de la longueur d'un pont sans piles. Au cours de ses premières recherches, il n'avait rien trouvé sous « pont de cordes » ni « pont mobile » qui aurait pu être applicable sans équivoque dans le cas présent. On consigna donc dans le rapport que, pour peu que quelque chose se soit effectivement trouvé sur place, ce quelque chose aurait en tout état de cause dû être soumis à une autorisation quelconque. Et comme aucune demande d'autorisation pour la construction d'un pont de cordes, d'un pont mobile ou de tout autre pont que ce soit n'avait été déposée nulle part, ce pont aurait constitué une infraction à la réglementation et aurait dû être démonté sur-le-champ, ce qui s'était de toute évidence déjà produit – à supposer qu'il ait bien été tendu un jour… L'impuissance s'habillait de subjonctifs.

Pendant un moment, le calme régna. Le carnet de commandes de l'entreprise Rooftop était bien rempli, et les grimpeurs encordés jusque tard le soir sur un chantier important étaient trop fatigués pour d'autres expérimentations architecturales. Mais un vendredi en début de soirée, ils se sentirent de nouveau prêts. En face de leur bistro d'habitués se trouvait un petit restaurant vietnamien. Après leur première bière de fin de journée, ils s'y aventurèrent en petit groupe, commandèrent du *phở* pour tout le monde, entamèrent la conversation avec le cuisinier, l'interrogèrent sur ses ingrédients et ses recettes et commencèrent à plaisanter comme par hasard sur le danger qu'il y avait avec une ou deux bières au compteur, à vouloir se mettre quelque chose sous la dent, par exemple un délicieux *phở* bien consistant comme celui-là : tu vas pour traverser au milieu des voitures en stationnement, et en un clin d'œil tu te prends une bagnole, ou l'inverse, et au lieu de te régaler, tu es bon pour l'hôpital, dans le meilleur des cas… C'est malheureux, pas vrai ? Non, c'est un pont qu'il faudrait, un pont de singe – un *cầu treo*, dit Định.

Le cuisinier éclata de rire. Jusque-là, il n'avait compris qu'à moitié ce dont il s'agissait, mais les *cầu treo*, ça, il connaissait, même si, à l'époque où il s'était porté volontaire comme travailleur contractuel à l'autre bout du monde, des ponts en béton avaient déjà pris la relève partout dans son village. Parce que ces sympathiques jeunes gens lui rappelaient son pays natal, il leur offrit le *cà phê*. Le café était parfaitement corsé et tout aussi parfaitement sucré. La voie était libre.

La petite troupe se mit en route et se sépara en deux équipes. La première monta par la cage d'escalier du restaurant, les autres par la cage d'escalier du bistro d'en face. Ils étaient bien équipés. Il fut possible d'accéder à la toiture et de passer de toit en toit bien plus facilement qu'escompté. Une fois là-haut, ils encordèrent les cheminées, les échelles et les arrêts de neige. Et puis, dans les derniers rayons du soleil, on tendit le pont de bambous entre bière et *phở* pour la circulation d'altitude à l'abri des voitures. Le patron de bistro de Hamminkeln et le cuisinier de Văn Phúc, tous deux arrivés à Berlin près d'un quart de siècle plus tôt, quittèrent leurs comptoirs en plein coup de feu, ce qui n'était pratiquement jamais arrivé auparavant, pour sortir sur le trottoir, essuyèrent la bière et le bouillon sur leurs tabliers et, chacun d'un côté de la rue, observèrent la transformation de l'espace aérien au-dessus de leur établissement avant de venir échanger les premiers mots d'un voisinage jusque-là muet. « Oh ! là là », fit l'un. — Hmmm, hoho, hmmm », fit l'autre. Ce n'étaient que quelques mots, mais il n'en fallut pas plus pour établir une relation amicale qui s'avérerait profitable aux deux établissements, car ils allaient à l'avenir, et même une fois le pont disparu depuis longtemps, s'envoyer mutuellement leurs clients – avec de chaudes recommandations.

C'est ainsi que le phénomène prit véritablement son essor. Plus rien ne pouvait arrêter les garçons, ils avaient compris le truc. Et ils voulaient s'amuser. Ils franchirent l'étroit mais profond fossé qui séparait l'un des derniers immeubles vétustes du quartier (à tel point que les balcons et les stucs devaient être renforcés par d'épais panneaux de bois) et un immeuble tricolore remis à neuf de l'autre côté de la rue avec agence immobilière au rez-de-chaussée (tellement chic que les appartements n'y étaient plus de simples biens, mais s'étaient transformés en *real estates*). Le pont était certes lourd de symboles, mais les habitants furent ravis, du moins de l'un des côtés de la rue, celui du soleil (l'immeuble tombait en ruine, mais il donnait au sud). « Ramène ta fraise ! » crièrent-ils au jeune agent immobilier qui était sorti, hésitant, sur le pas de la porte pour dénouer sa cravate. Ils levèrent leur bouteille de bière d'un geste engageant. Peut-être tout espoir de brassage n'était-il pas perdu.

Puis ce fut le tour du guichet bancaire (au-dessus duquel le barbu habitait) et du marchand de glaces de l'autre côté de la rue (où son fils aurait volontiers emménagé). Depuis le balcon du barbu au premier étage, ils tendirent un pont sécurisé pour les enfants jusqu'au toit plat du kiosque de glaces et posèrent tous les huit devant les objectifs des téléphones portables avec de gros caractères en papier sur la poitrine et le dos : BANQUISE.

Le pont à deux mètres de hauteur qui reliait de balcon à balcon le sex-shop pour femmes proposant de la littérature érotique, des dessous extravagants et toutes sortes de jouets amoureux, à la crèche Les Lutins de Prenzlauer Berg fut construit avec force ricanements, et aussitôt démonté, car ils trouvèrent soudain le terrain trop glissant. Ils pensaient parties de jambes en l'air et heureux événement, mais d'un seul coup, ils ne furent plus certains que tout le monde aurait l'esprit aussi bien tourné. « Oh ! restez encore un peu ! », s'exclamèrent les deux gérantes du sex-shop. « Tant que vous voulez ! », renchérirent les éducatrices de l'autre côté de la rue.

Les gens s'arrêtaient net pour regarder, rire et s'ébaubir, car bien qu'ils aient souvent emprunté cette rue, la moitié d'entre eux n'avait encore jamais vu ni la crèche ni le sex-shop, un quart seulement la crèche, un autre quart seulement le sex-shop. Pendant ce temps, les petits lutins de Prenzlauer Berg jouaient gentiment dans la cour intérieure et ignoraient à peu près tout de ces péripéties qui attiraient à tour de rôle leurs éducatrices sur le pas de la porte. Mais les femmes jeunes et moins jeunes, voire plus jeunes du tout, restèrent ce jour-là un long moment rassemblées dans la rue et finirent par nouer des liens entre elles, alors même que les constructeurs de pont avaient depuis longtemps supprimé toute communication.

L'absence de réaction de la police et des services de la voirie, qui firent le mort bien qu'il ait été mille fois prouvé qu'il ne s'agissait en rien de montages photo, mais d'authentiques montages de ponts, relevait du miracle. Était-ce parce que la situation juridique était trop floue ? Parce que personne ne voulait avoir d'ennuis ? Parce qu'il n'était pas question de passer pour un crétin à crier depuis le trottoir : « Hé, descendez de là ! » ? Parce qu'on s'était aperçu qu'une échelle de pompiers entièrement automatisée avec double sécurité aurait fait tache à côté des souples passerelles de cordes de Manille et de bambou ?

Quel qu'en soit le motif, on s'abstint de toute intervention et – chose non moins surprenante – personne ne fit de réclamation. On retint collectivement son souffle, attendit de voir et s'émerveilla. Après tout, il s'agissait d'une ville où un mur étroitement surveillé avait été démoli et un immense édifice gouvernemental emballé de film argenté. Et il aurait fallu appeler au respect de l'ordre public pour quelques cabrioles dans les airs ? N'était-ce pas pour cette raison qu'on était resté ici, même si tout était un peu plus friqué et collet monté qu'avant ? N'était-ce pas pour cette raison qu'on était venu ici, de Stuttgart, de Cologne, de Hambourg et de Brême, de Rostock et de Meissen, et même de Karl-Marx-Ville et de Beratzhausen et Barsinghausen, Zinzow et Peetzig : précisément parce qu'ici, on pouvait trimballer toute sorte de mobilier dans le métro sans essuyer des remarques idiotes ? Parce que le sous-locataire du sous-locataire avait le droit de sous-louer sans que personne ne s'en soucie, parce qu'on pouvait percer les couloirs de trois étages et y passer des câbles téléphoniques pour diviser par sept les coûts de branchement sans trouver le concierge sur le paillasson dès le lendemain ? À contempler le ciel de Prenzlauer Berg, on retrouvait son âme d'anarchiste qui s'était un peu empâtée au fil des ans. Cette diète de ponts arrivait à point nommé. Seuls quelques monteurs d'échafaudages n'étaient pas de cet avis. Et se mirent à tempêter en apercevant Định emprunter un pont entre un bar à ongles récemment ouvert et un atelier de couture équipé d'échafaudages.

« Hé, le bridé, lui lancèrent-ils depuis le trottoir. Vire ta foutue corde ou on va te montrer de quel bois nos perches se chauffent !

— Ah oui ? » Le barbu, qui sirotait une bière au niveau du sol, fit volte-face et rassembla ses camarades de Rooftop autour de lui par la seule tension musculaire de son corps d'athlète. « Répète un peu…

— Trop gringalet pour les chantiers, mais toujours prêt à parasiter, répondit l'un.

— C'est notre échafaudage. Notre pays. Les bridés, rentrez chez vous », dit un autre.

Un minibus passa entre les deux fronts. Les monteurs d'échafaudage grimpèrent dedans, avec un sourire à la « On reviendra » qui rencontra le sourire à la « Va te faire foutre » du barbu. Ce dernier détailla ostensiblement la plaque d'immatriculation.

« Ils ne sont pas d'ici, ricana-t-il. Ce sont des intrus qui protègent notre ville et notre patrie ! » Il posa le point d'exclamation du majeur de sa main gauche.

Les intrus ne revinrent pas, mais le barbu poursuivit sa réflexion. Une semaine plus tard, alors qu'ils réparaient un store extérieur à trente mètres de hauteur, il demanda à Định :

« Mais ils sont où, tes potes vietnamiens, s'ils ne sont pas sur les chantiers ? » Định lui jeta un coup d'œil. Voulait-il vraiment connaître la réponse ?

« Pas sur les chantiers, mais derrière les barreaux, comme moi récemment, ou au marché, ou à la caisse d'une boutique, ou en train de faire des sushis ou à vendre des cigarettes, et une fois arrivés là, c'est comme s'ils étaient de retour derrière les barreaux. Le cycle vietnamien. » Định grimaça un sourire moqueur et sentit de nouveau monter en lui cette amertume qu'il avait voulu laisser au ras du sol dans son ancienne vie.

« Alors, on va les sortir de là ! dit le barbu en serrant la dernière vis.

— De derrière les barreaux ? Il te manque une case ?

— Non, mais on peut les sortir des boutiques, non ? On va leur construire des ponts. » Le barbu sourit, frétillant d'impatience. « On va leur trouver un toit !

— Il va te falloir beaucoup de toits.

— C'est bien ce que je dis. » Le sourire du barbu prit une teinte triomphale. « Viens, on va faire le joueur de flûte », insista-t-il. Et en voyant que son enthousiasme avait contaminé Định, il lui mit une vigoureuse tape dans le dos.

Par chance, le joueur de flûte barbu avait un cousin qui savait comment convertir l'adresse web des Urban Monkeys en QR code et savait aussi comment en faire un tampon carré de neuf centimètres de côté. Ce tampon se retrouva dorénavant accroché à une solide chaînette sur sa ceinture et, à chaque pont construit, il l'appliquait sur les deux façades d'immeuble. Marquage de territoire et campagne de pub à la fois. Et par chance, Định savait configurer ce lien en vietnamien qui renvoyait les aspirants grimpeurs dont c'était la langue maternelle à une adresse de contact renvoyant elle-même à Định. C'était Định qui lisait les messages de ces jeunes Vietnamiens dont certains faisaient même partie de sa famille éloignée.

Où est-ce que vous construisez votre prochain pont ? demandaient-ils. Định leur répondait, ils venaient et le barbu les initiait aux hauteurs par une sorte de formation éclair avant de les enrôler aussi sec dans le prochain projet.

Après les rues pavées, ce fut au tour des rues à deux voies, et ils finirent par se risquer à la première division : quatre voies avec tram. Les travailleurs acrobatiques avec leur équipement de pro et leurs câbles n'avaient aucune difficulté à se faire ouvrir les portes des immeubles d'habitation et rivalisaient d'imagination : « Nous sommes là pour libérer le pigeon sur le toit », disaient-ils d'une voix sonore dans l'interphone. « On doit aller chercher le chat sur le toit de tôle. » « Nettoyage des gouttières ! » Ils parvenaient à tous les coups à pénétrer dans les halls pour rejoindre les combles sans être inquiétés. L'accès aux toits n'était donc pas problématique. Mais tous les toits ne se valaient pas. De nombreuses cheminées avaient été rasées depuis longtemps. Les immeubles avec chauffage urbain posaient une difficulté supplémentaire. Il y avait des échelles pourries et des arrêts de neige branlants. Mais il y avait aussi des crochets qu'on pouvait enfoncer dans la paroi pour grimper, il y avait de solides toits voisins qu'on pouvait intégrer à la construction. Chaque pont avait son visage propre, et Định leur donnait des noms secrets, comme autrefois.

Les gens ne remarquèrent pas tout de suite que seuls des immeubles avec des boutiques vietnamiennes étaient pourvus de ponts, parce qu'ils ne faisaient pas le lien entre les chapeaux pointus sur la tête des agents de surveillance, les marionnettes en bois dans les vitrines et les ponts de toit en toit.

Et sur les ponts circulaient avant tout des types qui n'avaient pas l'air vietnamiens pour un sou. Mais le vent tourna. Et il tourna en moins de temps qu'il n'en faut pour le dire. À leurs hauteurs vertigineuses, les ponts firent une sorte de retour aux sources.

En renversant la tête en arrière, les Berlinois se mirent à voir des visages vietnamiens. À la vue de ces bouches et de ces yeux rebelles, entre fascination et rejet du monde, sur le fil pour ainsi dire, les personnes âgées songeaient à James Dean et à leur propre départ du foyer familial, avec en tout et pour tout une chemise sur le dos et une boule de colère dans le ventre. Les gens d'âge moyen regardaient les gus en train d'escalader des rambardes de balcons et de traverser des passerelles en bambou. De leur temps déjà, leurs pieds étaient dotés d'une merveilleuse agilité, entre capots de voiture et escaliers de service. Leurs bourrelets de bébé venaient de disparaître et ceux de bureau n'étaient pas encore d'actualité. Oui, et Rod Stewart vous démangeait les guiboles : *Young hearts be free tonight*… On avait dix-sept ans et on venait de se faire renvoyer de l'école pour avoir la langue un peu trop bien pendue. *Time is on your side*… Aujourd'hui, ça n'était plus tout à fait aussi vrai qu'autrefois, mais pas complètement faux non plus, n'est-ce pas ? Les jeunes regardaient la peau lisse des grimpeurs, le jeu délicat des muscles en dessous, ils observaient les cheveux noirs brillants, leurs mouvements à la fois décontractés et précis à travers les cordages, et se demandaient avec curiosité dans quelles boîtes de nuit on trouvait ces types quand ils n'étaient pas en train de grimper et de lancer des câbles.

Il y eut des reportages télé et radio, sur les chaînes régionales et nationales. Des courts et des longs-métrages. Et des photos – des centaines, des milliers. L'une d'elles remporta la palme. C'était une photo de Định et Sung. Sung agrippait une tige de bambou, l'un des trois piquets qui tenaient le pont construit aux aurores au-dessus de la chaussée pavée entre le platane devant sa boutique et celui devant le fleuriste, et tendait à Định un plateau en carton avec plusieurs gobelets de café. Un sachet contenant un petit pain garni était suspendu à sa ceinture. Ce cliché enthousiasma tous ceux qui n'en pouvaient plus des onze ouvriers en train de petit-déjeuner sur la poutrelle en acier du Rockefeller Center et restaient en quête d'images à sensation. À travers le vaste ciel du continent, deux visages vietnamiens, concentrés et ouverts, dans un entrelacs de cordes et de bambous, entre les lucarnes d'immeubles anciens remis à neuf – c'était le symbole parfait de cette fin d'été berlinoise, tellement représentatif de l'atmosphère de cette deuxième décennie du XXIe siècle que le directeur d'une grande chaîne d'ameublement, en voyant cette photo dans le *Svenska Dagbladet*, sauta de son transat comme électrisé.

Il était en villégiature. Il s'était retiré sans téléphone ni ordinateur portables, avec simplement une poignée de livres, un coussin de yoga et son kayak pliant sur un récif, exactement comme son coach le lui avait instamment recommandé. Il était grand temps de lever le pied, avait-il dit à son client survolté, et le client qui avait payé ce conseil une petite fortune s'était montré prêt à le suivre. Mais bien qu'il ait prévu de ne pas travailler une seule minute, il se retrouva soudain en train de donner des directives depuis le téléphone de l'île en vue d'acquérir immédiatement, tout à fait, vous m'avez bien compris, sacredieu, d'acquérir immédiatement les droits d'exploitation de la photo. Cela nécessitait, comme le firent apparaître plusieurs discussions en différents points cardinaux, une négociation complexe avec la *Shinbun Akahata* qui se révéla être l'organe de presse central du parti communiste japonais pour qui ce photographe de génie travaillait sous contrat fixe et sans engagement. Pour un journal qui avait inscrit en lettres rouges sur sa feuille de route la suppression de l'accumulation capitalistique, la négociation fut rondement menée, si bien qu'une somme rondelette virée depuis la Suède s'accumula finalement sur le compte de l'entreprise. Il était peut-être temps de ne plus s'inspirer de Sony et Toyota, mais d'aller voir un peu plus à gauche, songea le directeur.

Peu avant la première tempête de début d'automne, une fois qu'il eut plié et rangé son kayak dans le grenier de sa résidence secondaire et pris le ferry pour rejoindre la terre ferme avec son coussin de yoga et ses livres sous le bras, Sung et Định, avec leur *Coffee to go à la vietnamienne*, se retrouvèrent en vente dans l'entrepôt libre-service de ses quatre filiales berlinoises et, peu de temps après, de toutes ses autres filiales européennes, déjà sous verre avec coins de protection en carton pour un transport facile et sécurisé. L'une des premières acheteuses fut la petite sœur de Định. Dans sa chambre, elle retira tous les posters de stars de cinéma et de rock qui la faisaient rêver depuis ses neuf ans, emprunta un marteau et un clou à l'atelier de couture en bas de l'immeuble et accrocha le tableau format 70 × 100 au-dessus de son lit. Au lieu de s'en cacher, elle le fit d'une manière qui laissait clairement entendre qu'elle plierait bagage si quelqu'un s'avisait de décrocher le tableau. Le tableau resta en place. Quand Jenny était à l'école, il arrivait à son père d'ouvrir la porte de sa chambre, de se poster sur le seuil et de le regarder d'un air songeur.

14

Le photojournaliste Michael Golzow fut l'un des premiers à comprendre le principe. Depuis sa série de clichés intitulée *Hommes, marionnettes, école*, il avait l'œil pour tout ce qui était vietnamien. Équipé d'un plan du quartier, il sillonnait Prenzlauer Berg à vélo et y notait toutes les boutiques vietnamiennes qu'il parvenait à identifier. De retour chez lui, il accrochait le plan au mur, traçait des lignes entre les ateliers de couture, les restaurants, les bars à ongles, les épiceries asiatiques, les magasins de fleurs, et plantait des punaises avec de petits drapeaux bleus pour les ponts potentiels et rouges pour les ponts qui avaient déjà vu le jour. Les punaises traînaient sur son bureau depuis la préparation de son voyage en Australie, vingt pièces pour 4,80 euros. Rapidement, il dut refaire son stock de drapeaux rouges, et ce huit fois de suite. C'était une entreprise coûteuse, mais qui s'en serait préoccupé alors qu'il s'agissait d'une aventure urbaine, d'un happening, de l'avènement d'un

Little Vietnam dont lui – et lui seul – était le chroniqueur ? Cent soixante punaises. Et leur nombre aurait même dû être multiplié par deux, car un pont a deux extrémités, et à chacune de ces extrémités se trouvait une boutique vietnamienne où l'on faisait des bouquets de fleurs, cuisinait du *phở*, vernissait des ongles, vendait des journaux, épluchait des mangues. Un chiffre invraisemblable. Mais attesté par lui, Michael Golzow, et ses petites punaises plantées avec précision dans Prenzlauer Berg à l'échelle 150 000e.

Ses intuitions n'étaient toutefois pas aussi originales qu'il le croyait. Il ignorait l'existence de Lou Jadranka, qui venait de perdre son travail et avait tout le temps de déambuler à travers la ville. Marcher lui faisait du bien, car elle pouvait ainsi battre sa colère sur le pavé, sa colère de voir que cette ville sans queue ni tête n'avait plus besoin d'urbaniste comme elle, car on achevait d'en vider les caisses dans des bétonnières destinées à des constructions sans caractère sur les rares terrains disponibles. On leur collait ensuite une façade en grès et on les baptisait du nom d'« ensemble ».

Au bout de huit années de gestion de projets, précaire mais à peu près continue – briqueteries, jardins paysagers, aménagements de cours intérieures –, elle se retrouvait seule avec son petit garçon de dix ans dont le père avait depuis longtemps mis les voiles, poussé dans les bras détendus de sa prof de yoga par les cris d'enfant à longueur de jour et de nuit. Il lui restait assez d'argent pour un café au coin de la rue. Cramponnée à la tasse, elle calculait combien de temps elle pourrait tenir avec l'appartement, s'il y avait moyen de trouver un nouveau vélo d'occasion à son fils, à quelles conditions une petite escapade pendant les vacances d'automne serait envisageable, ou au moins un camp de foot, ou alors... De temps à autre, elle ne pouvait plus retenir ses larmes qui roulaient alors jusque dans son café. Après s'être ressaisie, elle renversait la tête en arrière et buvait les doux rayons du soleil par la peau, les cheveux et les yeux. C'est ainsi qu'elle avait assisté à la naissance, non pas d'un, mais de plusieurs ponts. Car elle avançait au hasard, exactement comme les grimpeurs, et il arrivait que ses regards et leurs ouvrages se croisent. Elle était pleine de gratitude envers les constructeurs de ponts, car tant qu'elle regardait le ciel, d'un immeuble à l'autre, jusqu'à ce que l'un d'eux traverse sous les applaudissements des personnes présentes, elle n'avait pas le temps de tremper son café de larmes.

Un jour, au dos des papiers beige bureaucratie de l'agence pour l'emploi qui lui réclamait des documents dans le respect du délai imparti sous peine d'une diminution des subventions qui ne lui avaient pas encore été accordées, elle se mit à dessiner ces ponts. Ceux qu'elle voyait naître en ce moment même, ceux qu'elle avait déjà vus naître et ceux qui n'existaient pas encore, mais qui existeraient peut-être. Elle dessinait plus que ce qu'elle voyait et plus aussi que ce qu'elle savait. Elle dessinait la ville comme elle aurait pu être et ne pouvait plus s'arrêter de dessiner. Son fils rentra de son entraînement de foot, jeta un coup d'œil par-dessus son épaule et dit :

« Tu dessines ces ponts qui disparaissent sans arrêt.

— Hum, répondit-elle.

— Qu'est-ce qu'on mange ? » demanda son fils. Et elle répondit :

« Viens, on va manger dehors, une pizza ou un truc comme ça. »

Le garçon fut surpris : il fallait économiser. Mais il aimait la pizza margherita supplément ail de l'Italien deux immeubles plus loin et fut aussitôt à la porte. De chez l'Italien, ils ne virent pas de pont en train d'être construit, mais Lou découvrit une inscription *Skywalkers*. Elle leva le doigt en l'air :

« Regarde !

— C'est là depuis longtemps, dit son fils. C'est un chevalier Jedi, un élu, tu vois, qui sait équilibrer les forces et tout ça. »

Sa mère hochait la tête tandis que d'autres renseignements sur *La Guerre des étoiles* lui étaient dévoilés, mais ses pensées étaient plus en train de vadrouiller près de ce mot sur le mur que du côté de la galaxie.

Une fois ses dessins assez avancés, Lou prit de l'argent qu'elle avait mis de côté pour trois ou quatre dépenses différentes et se rendit dans un magasin spécialisé en architecture, construction de maquettes, bricolage et présentation. Carton plume, carton natron, carton décoratif, papier couleur, papier soie, plâtre, fibre de verre, glu à maquettes, pistolet à colle, bande Velcro double face, pâte Fimo et loofah : avec une détermination de somnambule, elle rassembla son matériel et, sans ciller, alla payer à la caisse en grosses coupures. Les jours suivants, elle renonça au café dehors, ressortit sa petite cafetière italienne sur la cuisinière et se mit à maquetter ; elle maquetta du matin jusqu'au soir, à en oublier de manger, à laisser le téléphone sonner et entasser sans les ouvrir les enveloppes de l'agence pour l'emploi sur le buffet de la cuisine, car elle avait besoin de la table. Son fils rentra à la maison et contempla les hauts immeubles de carton reliés par de frêles ponts.

« Et maintenant, tu les construis ? demanda-t-il.

— Hum… fit-elle car elle était en train de batailler avec une rambarde délicate.

— Est-ce qu'on sort des immeubles par en haut ou en bas ? voulut savoir son fils.

— C'est comme on veut, dit sa mère avec un sourire.

— Cool, répondit-il, agrippé à son épaule et faisant glisser sa trottinette d'avant en arrière.

— Regarde, tu prendrais ce pont pour aller à l'école, avec ton vélo même, et Mme Dobberthin avec son déambulateur.

— C'est pas trop dangereux ? On ne risque pas de tomber du toit ?

— Non, il y a des rebords et des murets. Il existe des entreprises spécialisées dans la sécurisation des toits, il faut bien qu'elles travaillent aussi, tu ne crois pas ? Viens, on va construire des rambardes ici. Mais elles ne doivent pas seulement être sécurisées, il faut aussi qu'elles soient jolies. »

Ils bricolèrent des rambardes qui laissaient passer l'air et la lumière tout en étant assez hautes et épaisses pour qu'un petit enfant ne puisse pas basculer au travers.

« Et les jeunes ? insista son fils pour lequel “les jeunes” étaient une sorte d'idole mystérieuse dont il commençait à se rapprocher.

— De toute façon, ils sont toujours en train de faire des bêtises, non ? dit sa mère en guise de réponse.

— Non, pas si haut, rétorqua le garçon.

— Et comment font ces graffitis pour arriver sous les pignons ? »

La mère contempla les traits pensifs de son fils. Il finit par hausser les épaules.

« Non, dit-elle. Si des jeunes veulent grimper, ils y arriveront de toute façon. Forcément.

— Hum », marmonna le garçon, et on vit sur son visage qu'il calculait une fois de plus combien d'anniversaires il lui restait à fêter avant de devenir un jeune.

« Qu'est-ce qu'on mange ? demanda-t-il pour revenir aux choses concrètes.

— Commande deux pizzas », dit Lou, et son fils se précipita sur le téléphone. Il ne fallait pas le lui dire deux fois. Il trouvait cette histoire de ville de ponts super. Surtout d'un point de vue alimentaire.

« Il y a des arbres là-haut ? demanda le garçon lorsque les pizzas se trouvèrent sur la table.

— Des arbres ? Hum, peut-être pas des arbres, mais tout un tas de buissons – et du coup, il n'y aura pas seulement du vert, mais aussi du rouge et de l'orange vifs. Je pensais à des argousiers et des cynorhodons ou peut-être des lauriers-roses et des hibiscus, qu'est-ce que tu en dis ? Il y a plein de soleil là-haut.

— Ça ressemble à quoi, les lauriers-roses et les hibiscus ? »

Sa mère alla chercher un pot d'hibiscus sur le balcon et tira la grande jardinière du laurier-rose dans l'encadrement de la porte-fenêtre pour qu'ils puissent bien la voir depuis la table. Elle prit cinq flacons de vernis à ongles dans la petite armoire de la salle de bains. Le vernis était aussi desséché que sa vie amoureuse dans laquelle elle avait espéré mettre grâce à lui un peu de couleur. Elle plongea les flacons dans des tasses pleines d'eau chaude et remua avec une allumette jusqu'à ce qu'ils soient de nouveau utilisables. Utilisables pour les plus belles fleurs d'hibiscus, de lauriers-roses et de coquelicots qui aient jamais orné une maquette. Sans même parler des massifs d'argousiers et de cynorhodons. Ils parlaient peu, entièrement concentrés sur leur ouvrage. C'était cool que sa mère ait ce genre de couleurs de vernis, pensait son fils. Au fond, elle n'était pas si vieille que ça et plutôt pas mal physiquement. *C'est cool de pouvoir peindre des fleurs de lauriers-roses avec mon fils*, pensait sa mère. *Hier encore, je lui réparais ses figurines en pâte Fimo, et le voilà qui construit avec moi une maquette de ville.* Le garçon tenait à ajouter un palmier : il sortit deux euros de sa tirelire cochon, se rendit à la droguerie et revint avec un vert à couper le souffle. « Tu peux finir le reste, dit-il avec générosité une fois le palmier verdi.

— Je n'y manquerai pas », répondit-elle avec un rire qui rappelait fortement la Lou Jadranka d'avant.

Lou Jadranka ne se contenta pas de dessiner et de maquetter avec une passion visionnaire, elle rédigea aussi un texte d'une grande liberté formelle et stylistique. Pour la première fois de sa vie, ses doigts pianotaient sans difficulté sur le clavier. Les mots trouvaient leur place d'eux-mêmes – comme s'ils venaient d'ailleurs, mais savaient très précisément où aller. Était-elle possédée ? Lou Jadranka avait beau construire des ponts dans le ciel, elle était de nature terre à terre. Le surnaturel n'était pas son truc. Elle restait assise là, un peu étonnée d'elle-même, à décrire entre réalisme et onirisme ce que Berlin allait devenir : la première ville à deux niveaux.

Un mois avant de perdre ses allocations chômage, elle loua une petite camionnette à l'arrière de laquelle elle chargea, soigneusement emballée, la maquette de la ville aux ponts, la transporta sans trop de casse jusqu'au département du Développement urbain du Sénat et laissa son œuvre près de la loge du gardien avec ses meilleures salutations à monsieur le sénateur. Un escalier se balaie par le haut, avait toujours dit sa grand-mère. Lou Jadranka ignorait qu'elle avait mis en ébullition le service sécurité à la recherche d'explosifs, de produits toxiques et d'acides, mais ça n'aurait fait qu'agrandir le sourire radieux avec lequel elle sirota son café noir dans la chaleur du soleil d'automne.

Après moult contrôles à l'aide d'appareils ultrasensibles, la maquette atterrit dans le bureau du sénateur. Ce dernier ôta ses lunettes de presbyte et se perdit dans la contemplation de la structure que deux administrateurs avaient posée sur la table basse à trois mètres de lui.

« C'est une sacrée toile d'araignée », murmura-t-il avant de se lever pour observer la chose de près. Grâce à ses lunettes, il pouvait déchiffrer la minuscule inscription autour du ventre pivotant de la tour de télé : *Lou Jadranka – Think City*, accompagnée d'une adresse e-mail et d'un numéro de portable. *Elle est douée, cette femme*, songea le sénateur, puis il fit quelque chose qu'il ne faisait jamais d'ordinaire : au lieu de demander à être mis en relation avec elle, il décrocha son téléphone. Sans attendre une minute de plus.

« Que faites-vous en ce moment, madame Jadranka ? » demanda-t-il après s'être présenté de son simple nom de famille qu'il supposait être parfaitement reconnaissable. Lou Jadranka répondit la vérité :

« Je viens de m'asseoir.

— Dans ce cas, je vous conseille de vous relever tout de suite et de venir ici. Je trouve votre maquette fabuleuse », dit le sénateur. « Fabuleuse », répéta-t-il comme le silence se faisait au bout de la ligne. Renonçant à toute formule de salutation, il raccrocha et se plongea de nouveau dans les détails de la maquette et la description fournie avec – histoire d'entrer dans le vif du sujet. Et de prendre d'emblée un peu de hauteur.

[illegible]

[illegible]

[illegible]

[illegible]

TROISIÈME PARTIE

1

C'était le journaliste Kawashima Hideo qui avait pris la photo de Định et Sung. Il avait eu un pressentiment. Une intuition. Une fois de plus. Un ancien camarade d'études lui avait envoyé l'image de la mairie de Berlin-Est surmontée du drapeau de Hồ Chí Minh, avec pour tout commentaire un smiley probablement censé lui rappeler leurs longues discussions sur le futur du parti communiste au Japon en général et leur quotidien de seize pages, le *Akahata*, en particulier. L'ami d'autrefois avait atterri depuis longtemps à la rubrique culture du *Yomiuri Shinbun* qui, jadis, était pour eux à la fois l'exemple même du journal à grand tirage le plus réactionnaire possible et la porte des Enfers. Mais il gardait apparemment un bon souvenir de ces temps révolus.

Hideo comprit le clin d'œil, aussi bien celui de son ex-camarade que celui du lointain Berlin. Il sourit, exactement comme le smiley l'y invitait, et fit disparaître le tout. Puis il rouvrit la fenêtre, une fois, puis une autre. Face à l'écran, il enchaîna les cigarettes, se caressa longuement la barbe et, pour finir, il appela Etsuko. « Que dirais-tu de faire un petit tour à Berlin ? demanda-t-il. — Pas de problème, chuchota-t-elle, car elle était dans la salle de lecture de l'université Waseda où, comme dans toutes les autres salles de lecture de cette planète, les portables étaient interdits. Elle fit quelques photocopies, rangea les livres sur les étagères et rentra à la maison pour faire les valises. Au fond, elle pouvait réfléchir à la conception de l'art du dramaturge Chikamatsu Monzaemon aussi bien à Berlin qu'ici.

Berlin, Berlin – sur le trajet à vélo pour rentrer chez elle, elle se répéta ce mot à chaque carrefour et sentit son cœur se remplir de joie, comme lorsqu'un départ rapide s'annonçait. Sa capacité à se réjouir de toute perspective de voyage à l'issue incertaine était la raison pour laquelle Hideo avait tenu à l'épouser lors d'une virée impromptue en Finlande. « C'est avec toi que je veux vivre, avait-il dit. Un jour ici, l'autre là. » Au tribunal pour les unions civiles de Tampere, ils avaient en toute logique échangé non des alliances, mais leurs passeports.

Lorsque les Kawashima arrivèrent à Berlin, le drapeau rouge avec l'étoile jaune avait déjà été descendu, mais ils trouvèrent le kiosque de Nguyễn Văn Huy et vidèrent un gobelet de café après l'autre pour lutter contre le décalage horaire. Ils observèrent avec fascination le défilé des mariés et de leurs invités, des enfants de la crèche et des agents de surveillance ; ils déambulèrent à travers les rues du quartier, aperçurent une galerie d'art chinois extrêmement contemporain, une boutique de spiritueux russes, une bouquinerie garnie de livres du monde entier à prix d'ami et se sentirent bien. Ils se mirent donc en quête d'un hébergement.

À moins de cent mètres de leur hôtel se trouvait la boutique de Sung où ils prenaient leur café le matin, car cette boutique ouvrait plus tôt que les bistros. Et puis le café était bon et le petit banc sous le platane n'était pas mal non plus. Sung avait entendu parler d'un studio en arrière-cour, premier étage, sombre, mal conçu, chauffage au charbon. Inhabité depuis que la vieille Mme Holzer avait rendu l'âme à Noël deux ans auparavant. Comme chaque fois qu'il cherchait sérieusement un pied-à-terre dans un pays étranger, Hideo se fit couper la barbe et les cheveux, il attrapa sa chemise contenant ses bulletins de salaire, papiers de caution et certificats de santé ainsi que ses attestations pour ses photos primées, et revint trois heures plus tard avec deux trousseaux de clefs. Sur le coup de midi, les fenêtres de l'appartement Holzer étaient grandes ouvertes pour la première fois depuis dix-huit mois, et un chant révolutionnaire italien remplissait l'arrière-cour. *Bella ciao, bella ciao, bella ciao, ciao, ciao* – ce qui n'aurait pas déplu à la vieille Mme Holzer.

Hideo et Etsuko n'envisagèrent pas d'investir dans une machine à expresso. Ils continuèrent à prendre leur café du matin devant la boutique de Sung, au pied du platane. Bien vite, Etsuko se mit à rôder près de la caisse de Mây et demanda à ce qu'elle la forme. Elle était curieuse. Et où en apprendrait-elle plus sur le quartier qu'à la caisse de cette boutique ? Mây riait en secouant la tête jusqu'au jour où elle opina du chef et entreprit d'expliquer à Etsuko le fonctionnement de la vieille caisse enregistreuse, de lui montrer où étaient accrochés les sacs, comment les ouvrir rapidement avec l'index et le pouce et comment récupérer et régler les bouteilles consignées. En l'espace de deux jours, Etsuko se débrouillait honorablement, et Mây était heureuse de ces petites pauses tombées du ciel.

Quand Hideo revenait de ses balades photographiques à travers le quartier, il chapardait un peu dans le magasin, mais triait en échange les caissons de fruits avec une telle application qu'il arrivait que Sung ait à son tour une minute de libre – parfois même synchronisée avec les pauses de Mây. *Espérons que ces deux-là ne retourneront pas trop vite au Japon*, pensaient Sung et Mây. Mais les Kawashima ne faisaient pas mine de repartir. Ils étaient au contraire de plus en plus souvent à la table des Trần le soir venu et s'essayaient à la langue allemande, tandis que Mây et Sung faisaient de même avec l'anglais.

« Ces marionnettes, commença un soir Hideo tout en aspirant ses nouilles avec délice, ces marionnettes qui sont dans toutes les vitrines ici, elles me rappellent un spectacle à Matsuyama il y a quelques années – un de mes premiers reportages. C'était une troupe venue de Hanoi. On avait construit un immense bassin exprès. Ils manipulaient les marionnettes sous l'eau avec de longues tiges. Je n'ai jamais compris comment ils y arrivaient, car les marionnettistes restaient cachés dans une sorte de tente. Ils réussissaient même à faire danser l'eau, en lignes argentées, en petits cercles, en hautes vagues, avant de la retransformer en miroir qui dédoublait chaque marionnette. C'était incroyable – incroyablement beau. »

Minh observait sa grand-mère. Il attendait qu'elle prenne position. Il regardait sa grand-mère avec de si grands yeux que tous les autres Trần et les deux Kawashima se tournèrent vers elle. Mais Hiền n'avait pas le moins du monde l'intention de sortir Thủy pour la montrer à un reporter japonais, aussi gentil soit-il. Elle résista donc stoïquement au silence et aux regards interrogateurs jusqu'à ce que Mây serve une nouvelle tournée de nouilles et de vin.

« Va jouer tranquillement », dit-elle à Minh qui commençait à gigoter sur sa chaise. Grâce à l'assiette de fruits que Sung avait posée au milieu de la table en guise de dessert, la conversation avait entre-temps dévié sur les techniques d'épluchage des mangues en général et des mangues sauvages en particulier. Il y avait des opinions contraires et bien arrêtées en ce qui concernait la taille du couteau et le sens de l'épluchage. Hiền se joignit elle aussi à la conversation pour prendre le parti des gros couteaux. On était sur le point de débarrasser la table lorsque Minh fit son retour avec un bruit sourd. Et il n'était pas seul. Il avait coincé la marionnette sous son aisselle comme un nageur sauveteur et la transporta avec précaution mais détermination jusque dans la cuisine avant de la relever péniblement. Puis il redressa à son tour les épaules, pour se faire plus grand qu'il n'était.

« *Sugoi !* s'écrièrent les Kawashima à l'unisson. Fantastique ! » Ils reposèrent les assiettes et les verres sur la table. Mais les Trần étaient comme frappés par la foudre. Il existait des règles tacites, et ne pas dérouler la couverture pour sortir la marionnette de derrière le rideau de son propre chef en faisait incontestablement partie. Ni Gấm, ni Sung, ni Minh n'y avaient jamais désobéi. Et voilà qu'elle se dressait là, avec son bois aux reflets chauds dans la lumière du crépuscule et ses yeux noirs peints au pinceau qui semblaient toiser et transpercer à la fois chaque membre de l'assemblée. La petite sœur de Minh, qui dormait dans un berceau près de la table, se réveilla et se mit à geindre.

« Minh », dit Hiền d'une voix sévère.

Minh ne répondit pas. Il avait les paupières à moitié baissées, mais son petit corps restait bien droit, et il tenait fermement la marionnette. Malgré ses lèvres fermées en une moue de défi, un frémissement lui traversa le visage. À ce frémissement, Hiền comprit ce qui mouvait Minh sans qu'il parvienne à le formuler : oui, il avait dépassé les bornes ; mais elle, Hiền, était la première responsable. Elle avait renié la marionnette qu'il avait transportée avec elle jusque sur la scène de l'école, qu'il avait tenue et manipulée. Et il se sentait renié lui aussi. Hiền comprit tout ça, et pourtant les seuls mots qui lui vinrent à l'esprit furent : « Minh, je te prie de ranger Thủy immédiatement – et n'oublie pas de bien l'enrouler dans la couverture ! » Ce furent les seuls mots qui lui vinrent à l'esprit. Mais elle s'entendit déclarer le contraire : « Viens ici, Minh. C'est bon. »

Un large sourire éclaira instantanément le visage de Minh. Il glissa la marionnette dans les bras de Hiền. Hiền ferma brièvement les yeux. Sur quel chemin venait-elle de s'engager ? Il n'y avait pas de retour en arrière, et elle se mit à parler du bois. De son parfum quand on le sculpte, de sa manière d'être léger et solide à la fois. De sa couleur qui change et passe sous les résines et les vernis sans jamais vieillir. Elle alla chercher la tige et entraîna les autres le long de l'étroit couloir pour leur montrer comment la tige se monte dans le socle et est actionnée par le petit gouvernail. Les yeux des Kawashima brillaient. Ils ne pipaient mot, de peur de troubler l'intimité de la démonstration. Les Trần encadraient Hiền comme un chœur muet, en retrait, encourageant, aux aguets. Le bébé dans les bras de Mây ne bronchait pas. Ses yeux se promenaient au gré des mouvements de la marionnette et semblaient économiser leurs battements de cils pour ne pas en perdre une miette.

Quan Âm Thí Kính, *Xúy Vân giả dại*, *Từ Thức* – Hiền égrenait les titres des pièces de théâtre dont les sonorités étaient celles de son enfance. Aucune des personnes présentes n'avait jamais entendu prononcer tant de mots vietnamiens à la suite. Elle se fit aider de Minh pour emmener la marionnette au bout du couloir. Elle parla de son grand-père. Sa voix était basse et rauque. Adossé au mur, Sung tendait l'oreille. Petit à petit, il gagnait une famille. D'abord une sœur. Et à présent un grand-père marionnettiste. Et par-dessus le marché un grand-oncle fabricant de marionnettes. Car cette marionnette, plus grande que la plupart, avait été offerte au grand-père par son frère. Entre les deux guerres, d'après Hiền. Le bois de figuier venait de la rive du Sông Đà, la résine de l'arbre à vernis appelé *cây sơn mài*, à raison de vingt-quatre couches ; la robe était teinte d'indigo et de vermillon. Thủy fut placée au centre, sept paires de mains caressèrent le vieux bois sec et les strates de peinture mate. Puis Hiền la rapporta dans la cuisine et la posa sur un coffre à côté du vaisselier. Elle plia la couverture dans laquelle la marionnette avait été enroulée sur l'étagère de l'arrière-boutique pendant plus de deux décennies et la mit de côté. Thủy avait déménagé.

2

Dès que l'occasion s'en présenta, les Kawashima accompagnèrent Sung à la bibliothèque universitaire. Fidèle à ses habitudes, Sung avait pris la direction de l'ouest, et ce ne fut qu'après avoir garé la voiture dans la Saargemünder Straße et vu les étudiants déferler de la station de métro Thielplatz qu'il prit conscience qu'une promenade dans sa vie d'avant l'attendait. Dix ans après. Étrangement, il retrouva le principal à l'identique. Ses pas se ralentirent, il étudiait du regard les anciens chemins et bancs, ses oreilles absorbaient le brouhaha familier et polyglotte devant la cantine, son nez humait le mélange de café et de photocopieuses. C'était comme si les regards, les sons et les odeurs avaient pu le faire redevenir celui qu'il avait été avant de devenir autre que celui qu'il aurait voulu être. Il avait l'impression qu'il lui aurait suffi de rester un peu sur place, immobile, pour que la transformation se fasse.

Mais Hideo et Etsuko l'entraînaient à travers les allées et bâtiments en direction du comptoir de la bibliothèque. Où et comment était-il possible d'obtenir des renseignements au sujet du théâtre de marionnettes d'eau vietnamien ? On s'y révéla démesurément démuni et irrémédiablement ignorant. « Essayez à l'est », leur dit-on.

Ils rentrèrent à l'est et se rendirent dans une annexe de bibliothèque nichée au fond d'une arrière-cour dont les sons et les odeurs étaient pour Sung dénués de potentiel de réincarnation. Là-bas, ils passèrent les rayons au peigne fin : Jakarta, Laos, Cambodge, Vietnam. Beaux-arts. Musique. Art. Artisanat. *Le Paysan tonkinois à travers le parler populaire.* Théâtre. Théâtre de marionnettes. Sous la référence SOA LC 85 415 N576 K9 se cachait ce qu'ils cherchaient : *L'Art du théâtre de marionnettes d'eau de Thai Binh*, Zentralhaus Publikation, Leipzig, 1985.

« Ça alors ! », s'exclama la femme au comptoir de la bibliothèque. Elle laissa ses lunettes de lecture retomber sur sa poitrine au chemisier coloré et détailla le trio asiatique qu'elle n'avait encore jamais vu dans ces lieux. « Quelqu'un est passé récemment. Pendant des années, personne ne l'a emprunté. On a d'abord dû numériser la référence. Il y a une rencontre théâtrale ou quelque chose comme ça ? » Pas de réponse. « *Theatre festival ?* » insista-t-elle en anglais, supposant qu'on ne la comprenait peut-être pas. Sung secoua la tête, non, non, tandis que Hideo disait « *yes* » avant de répéter aussitôt en allemand : « Oui ! Oui ! » avec un joyeux hochement de tête. Le regard amusé de la bibliothécaire passait de l'un à l'autre.

« Pas besoin de tout raconter, pas vrai ? » dit-elle. Elle remit ses lunettes en place et poussa le livre sur le comptoir. Trois paires de mains s'en emparèrent.

Eh bien, ils doivent mijoter un sacré truc, pensa-t-elle, mais elle s'empressa de faire taire sa langue bien pendue de Berlinoise avec une bonne rasade de café et gratifia les visiteurs étrangers d'un clin d'œil par-dessus sa tasse.

« Un festival de théâtre ? demanda Sung une fois à l'extérieur en regardant Hideo d'un air perplexe.

— Pense un peu à l'étang dans votre parc. » Les yeux de Hideo pétillaient d'excitation. Il attrapa une cigarette dans la poche de sa veste. « On n'a pas le droit d'y nager, pas le droit d'y faire du patin. Pas le droit d'y pêcher. Pas le droit d'y faire de la barque. Il faut bien qu'on ait le droit d'y faire quelque chose. Les canards s'ennuient à mourir. »

Sung tenta de trouver une réponse à sa question dans la réplique de Hideo. Hideo dut tirer une ou deux fois sur sa cigarette avant que Sung ne percute.

« Tu veux dire… ?

— Oui.

— Impossible, dit Sung d'une voix rapide et déterminée. Ça ne marchera jamais. Tu ne peux pas t'approprier cet étang et y faire danser des marionnettes comme ça. On t'arrêtera et on te renverra au Japon, tu devras payer une amende qui te mettra sur la paille, et rien que pour organiser une chose pareille, il faut des années devant soi, et des centaines de milliers d'euros, et toute une équipe. Est-ce que tu sais le branle-bas de combat que c'est pour organiser la moindre conférence à l'université, combien de demandes il faut faire et… » Sung avait encore toute une série d'arguments en réserve, mais Hideo l'interrompit en riant.

« Eh bien, dans ce cas, laissons tomber », dit-il. Mais Etsuko, qui avait écouté attentivement, connaissait suffisamment son mari pour savoir qu'il venait à ce moment précis de décider d'aller au bout de son projet.

Après le dîner, Sung et Hideo se baladèrent dans le parc avant de s'asseoir en silence sur un banc au bord de l'étang. Un couple tournait autour du plan d'eau d'un pas vif et les faisait profiter de leur dispute à raison de cinq bonnes secondes toutes les quatre minutes. Il n'en fallait pas plus pour reconstituer toute l'histoire d'une relation, mais Sung et Hideo ne percevaient que le lent reflux des accusations et justifications, le mouvement de réconciliation et, face à cette loi normale curieusement réconfortante, restaient plongés dans leurs pensées – elles-mêmes tournées vers les marionnettes d'eau vietnamiennes.

Était-ce la logique de la chose elle-même ou le rythme des paroles étrangères toutes les quatre minutes qui harmonisait leurs pensées ? En tous les cas, aucune introduction, explication ou précision ne fut nécessaire lorsque Sung brisa le silence :

« Tu comptes demander à Hiền de t'aider ?

— Oui. »

Le couple se rapprochait de nouveau. Ils étaient désormais épaule contre épaule. Lors du prochain tour, ils se tiendraient la main.

« Demande-lui, dit Sung. Je pense qu'elle le fera. »

Effectivement, Hiền réagit avec incrédulité, mais sans hostilité. Elle avait vu de ses yeux le théâtre dépérir dans son village, pendant la guerre. Elle en rêvait parfois, dit-elle à Hideo, et n'était à présent plus capable de faire plus que d'affronter ces rêves. Mais peut-être pouvait-il aller voir Lý Phong, il avait un frère à Đường Lâm, et elle avait entendu dire que ce dernier savait manipuler les marionnettes comme personne.

Hideo alla donc soumettre son projet à Lý Phong. Le lendemain, Lý Phong alla soumettre le projet de Hideo à Jana. Le visage de Jana s'illumina. Lý Phong passa un long appel à Đường Lâm. Il raccrocha et dit : « Planning complet jusqu'à août de l'année prochaine. » La déception vint assombrir le visage de Jana.

« Mais il y a une jeune troupe à Thác Bà, ajouta Lý Phong, pas très connue, mais pas mauvaise du tout, selon mon frère. Ils font de la musique avec des instruments qu'ils ont inventés et réécrivent les morceaux.

— Appelle ce Hideo pour qu'il vienne », dit Jana avant de se lever et de préparer du café pour plus de deux personnes et pour plus de deux heures. Juste une question d'intuition.

Lorsqu'il reçut l'appel de Lý Phong, Hideo était avec Sung en train de rafistoler une tablette en bois de la camionnette qui avait cédé sous le poids d'une cargaison de potimarrons le matin même. Il posa le marteau et les clous de côté, se glissa sur le siège passager et, sans lui laisser le temps de dire ouf, intima à Sung de rouler jusqu'au nord-est de Prenzlauer Berg puis de monter les cinq étages. Jana servit le café, et Lý Phong leur parla des vieux briscards dont le planning était complet jusqu'au mois d'août prochain. Et des petits jeunes qui étaient peut-être encore disponibles. Hideo leva le pouce. Le visage d'Indien de Sung resta impassible. Les yeux de Jana pétillèrent. « On réserve », dit-elle.

Sung, qui accusait la petite baisse d'énergie de l'après-midi, tenta de calmer le jeu.

« Il n'y a pas le feu, lança-t-il. Pourquoi vous n'attendriez pas août prochain pour tout organiser tranquillement ?

— Qui sait où je serai l'an prochain, répliqua Hideo. Je veux voir ça – je veux le voir ici ! »

L'affaire sembla ainsi réglée. Sung hocha la tête et regarda Hideo d'un air pensif. Ce dernier se tenait déjà avec son agenda près de Lý Phong qui était en train de rappeler Đường Lâm, et lui faisait de petits signes avec son stylo. Les jeunes marionnettistes à l'autre bout du fil étaient on ne peut plus ravis et on ne peut plus flexibles quant aux dates. Ils calculèrent leur budget juste, bien trop juste, comme le font de jeunes artistes enthousiastes qui ne veulent pas effrayer des clients potentiels. L'ambition de gagner un peu plus que leur croûte avec leur art ne s'était pas encore bien enracinée dans leurs esprits. Et puis, ils voulaient venir à Berlin coûte que coûte.

Jana s'assit à son ordinateur et ferma la fenêtre des emplois du temps. Lý Phong contemplait d'un air interrogateur le défilé rapide des pages ouvertes sur l'écran. « Des mécènes », dit-elle. Dans son empressement, elle était passée aux phrases nominales. Lý Phong ne comprit pas. « Des sponsors », ajouta-t-elle. Lý Phong acquiesça. Parfois l'anglais se révélait être un précieux allié. Hideo jeta un coup d'œil par-dessus l'épaule de Jana et parcourut ses onglets : Vietnam Airlines, Fondation fédérale pour la culture, Vietnam House, Die Reistrommel, Berlin Tourismus. Il hocha la tête avec satisfaction. La petite troupe s'était bien trouvée – un joli comité pour l'approfondissement de l'amitié germano-vietnamienne. Heureux, il décocha une bourrade à un Sung perdu dans ses pensées : « Viens, l'étagère à potimarrons nous attend. »

Tirer au clair à qui appartenait l'étang et les canards qui y barbotaient ne fut pas une mince affaire. Au pied du platane devant la boutique de Sung, on interrogea les agents de surveillance pendant leur pause mangue. Ils se montrèrent très hésitants au sujet de l'étang – le service espaces verts ? le service environnement ? – et franchement ignorants au sujet des canards – la ligue pour la protection des animaux ? –, mais promirent d'apporter bientôt des informations plus concrètes. Un nom et un contact. Ils tinrent parole et le lendemain ils arrivèrent avec un petit papier où, sous l'intitulé « Les canards du district », étaient notés quatre numéros différents.

Hideo composa le premier numéro et colla le portable à l'oreille de Sung. Ce dernier était en réalité perdu dans ses pensées et demanda tout à trac s'il était possible de louer l'étang de Friedrichshain pour un événement. La conversation fut très brève. « Impossible, rapporta Sung aux autres. Il ne s'agit pas d'un espace événementiel au sens du paragraphe je ne sais quoi, a dit la dame. »

Pour Sung, la question était réglée, et il n'en était pas mécontent. Mais Jana n'était pas de cet avis.

« Laisse-moi faire », dit-elle en lui prenant le portable des mains. Elle essaya le deuxième contact. Et, avec la technique berlinoise qu'elle entendait dans la bouche de son père depuis qu'elle était haute comme trois pommes :

« Bien le bonjour, Kripke à l'appareil, rectorat. Dites-moi, il paraît que les canards du grand étang dépendent de vous, c'est bien vrai ?

— Parfaitement. Les bestioles vous ont avalé quelque chose ? » Petit rire.

« Non, mais qu'est-ce que vous penseriez de leur faire changer d'air pour quelques jours ? C'est juste une idée comme ça…

— Les idées sont toujours les bienvenues. Dites-moi tout, ma petite dame…

— C'est à propos des marionnettes qui sont dans les vitrines du quartier. Vous les avez déjà vues ?

— Et comment ! Ma fille en a justement fabriqué une à l'école la semaine dernière, et maintenant elle est accrochée dans notre couloir. Avec un vrai Vietnamien. Il a fait du beau boulot. D'habitude, la gamine a deux mains gauches, mais pour la marionnette, elle s'en est vraiment bien sortie…

— C'était mon mari, le vrai Vietnamien.

— Ça alors ! Et vous avez eu cette idée ensemble ?

— Exactement. En fait, ce sont des marionnettes de théâtre. Et il leur faudrait un peu d'eau sous les pieds… »

3

En l'espace de quelques jours, le comité devint une association, avec statuts et tout le tralala. Car c'était le premier des cinq points que la dame du service espaces verts avait glissés à l'oreille de Jana en lui assurant d'un ton encourageant que leur respect scrupuleux des démarches et leur rapide mise en œuvre profiteraient au projet de théâtre d'eau. « Vous pouvez compter sur moi pour les marionnettes, c'est promis… »

Le taux de croissance de l'association Bois sur eau – Amis du théâtre vietnamien aurait enchanté n'importe quel parti politique, mais tout ça fut un peu soudain pour son conseil d'administration. Les élèves du cours de langue de Hiền adhérèrent par hordes, et ils avaient encore plusieurs clans derrière eux. Mây et Etsuko placèrent un petit panneau d'information près de la caisse du magasin – discret, mais efficace auprès des habitués. Ces derniers remplissaient les formulaires d'inscription sur le tas de journaux près de la porte. Les agents de surveillance firent de même sur le dos patient de leurs collègues en uniforme et rendirent les papiers accompagnés de la monnaie pour leurs fruits du déjeuner. Jana recruta ses collègues à moitié décidés, et c'est ainsi que, parmi les membres de l'association, la proportion de professeurs dépassa de peu celle des travaillcurs acrobatiques dont l'ensemble des formulaires d'inscription fut livré à la boutique de Sung dans un carton solidement attaché au porte-bagages du patron de bistro de Hamminkeln une fin d'après-midi, peu après la fondation de l'association.

Les piles de papiers restèrent d'abord un moment sur le présentoir en verre à côté des petits pains sortis du four, jusqu'à ce que Hiền tire une chemise du rayon papeterie, y écrive *Bois sur eau*, classe toutes les feuilles par ordre alphabétique et range le tout sur l'étagère à l'endroit précis où le déménagement de Thủy avait fait de la place.

Bientôt, on manqua de formulaires. On pressentait aussi qu'en raison de l'afflux de membres, le salon de Jana, avec l'ingénieux passe-plat années 1970 qui permettait d'accéder aux boissons du réfrigérateur depuis la table à manger, ne pourrait pas servir bien longtemps de local pour l'association. Les participations arrivaient en liquide chez Sung qui avait été élu trésorier par contumace, et il ne sut rapidement plus quoi en faire – tout au long de son existence, il avait conservé l'argent liquide dans la caisse du magasin ou dans son porte-monnaie (ce qui revenait à peu près au même). Il était parfaitement conscient que cette solution n'était pas tenable dans le cas présent, et pourtant il promena un long moment les billets dans la poche de son pantalon avant de réussir, au bout de plusieurs tentatives, à les faire avaler par un distributeur dans un hall de banque, qui lui promit sur un petit reçu mal imprimé de les transférer sur un compte ouvert par Hiền.

L'association fit ricochet. Elle remplissait les boîtes mail, faisait sonner les portables et créait dans la rue de petits groupes à la composition changeante et parfois improbable. Pourtant, en immatriculant Bois sur eau au registre des associations du tribunal, les fondateurs n'avaient absolument pas en tête de créer une vie associative. Ils souhaitaient simplement monter une représentation théâtrale – comme cette ville n'en avait encore jamais vu. Et s'il fallait pour ce faire devenir « un groupement sous forme corporative mis en place pour une durée indéterminée rassemblant un nombre variable de personnes visant un objectif commun », qu'il en soit ainsi.

Le temps pressait. Les feuilles jaunissaient déjà, l'eau fraîchissait. Les câbles téléphoniques entre Thác Bà et Berlin chauffaient. « Pas de souci, on jouera en Néoprène », décrétèrent les jeunes marionnettistes en pouffant de rire, impatients de découvrir l'étang aux canards du lointain Berlin.

4

Un beau jour, ils furent là. Trois hommes, deux femmes : dix-neuf ans pour le plus jeune, trente-quatre pour la plus âgée. La responsable de l'agence de voyages, l'un des premiers membres féminins de Bois sur eau, leur avait envoyé des billets tarif réduit et elle alla les accueillir à l'aéroport. Le cœur battant la chamade, elle mit son vietnamien à l'épreuve, faisant naître un large sourire sur les visages fatigués par le long trajet. Les marionnettes voyageaient dans des coffres, les tapis de sol étaient sanglés sur les sacs à dos. Les marionnettistes couchaient dans l'atelier de Lý Phong, ils avaient le droit de s'approvisionner dans la boutique de Sung. Mais le plus souvent, ils mangeaient aux tables des différents adhérents de l'association. Dès le jour de leur arrivée, ils allèrent examiner l'étang et hochèrent la tête. « *Chúng ta có thể làm điều này.* » C'est bon, on va y arriver.

Le pont de singe tendu entre l'île et la rambarde métallique au bord de l'étang fut le premier à tenir plus de vingt-quatre heures dans cette ville. Il subsista quatre journées et demie et servit de passerelle à vingt-huit marionnettes, deux tentes et une bonne douzaine d'acteurs qui préparaient tout le nécessaire pour la scène sur l'île : échasses, rideaux, haut-parleurs.

Le matin du jour J, le représentant de la ligue pour la protection des animaux, Paul Hufnagel, arriva avec des cages de transport pour volatiles et mit un point d'honneur à répandre sa mauvaise humeur. Priver les canards de leur foyer pour je ne sais quelles simagrées ! C'est qu'on se permet tout et n'importe quoi avec les animaux dans cette ville, dans ce pays ! À défaut de comprendre ce qu'il disait, l'intonation de ses paroles, ses mimiques et ses gesticulations n'échappèrent pas à la troupe de Thàc Bà. Ils gardaient un silence penaud. Sung eut soudain le sentiment que mettre les canards dehors risquait de nuire au karma des marionnettes d'eau et entama la conversation avec le représentant aux grommellements rageurs – qu'est-ce qui était pire pour eux : être emmenés loin de leur étang ou l'avoir sous les yeux, même inaccessible, pendant environ dix-huit heures ? Lorsque Paul Hufnagel s'aperçut que Sung prenait les états d'âme des canards au sérieux, il décida d'y mettre du sien : au fond, à quoi bon les évacuer ? Y aurait-il un feu d'artifice ? L'autorisation n'avait pas été donnée ? Tant mieux. Des pétards ? Non ? Formidable. Il était parfaitement envisageable de bricoler un petit abri de fortune pour les bestioles, au niveau de la cloche de la Paix, ça ferait très bien l'affaire.

Et serait-il aussi envisageable qu'il passe la soirée ici pour réconforter les volatiles tandis que les marionnettes danseraient sur ce plan d'eau qui était leur propriété ? Contre une petite participation de l'association d'utilité publique Bois sur eau aux frais d'alimentation ?

Oui, c'était parfaitement envisageable. Mais comment ça ? Des marionnettes, sur l'eau ? Il n'était pas du tout au courant. Il pensait qu'ils avaient prévu un show en plein air avec une tripotée d'amplificateurs, de fumées toxiques, de projecteurs aveuglants et tout le bataclan, rien de bon pour les animaux. Il fallait aussi penser aux poissons, pas vrai ? Mais des marionnettes qui flottent sur l'eau au clair de lune ? Des torches et des lampions ? Des cierges merveilleux ? Pourquoi les canards et les poissons seraient contre ? Où était le problème ?

Avec ses hautes bottes de pêcheur, Paul Hufnagel fit dangereusement vaciller le pont de singe en le parcourant à vastes enjambées pour s'atteler avec enthousiasme à la construction de l'abri destiné aux canards. Au milieu du pont, il fit volte-face : « Est-ce qu'il vous reste quelques tiges de bambou pour moi, je veux dire pour les canards, je veux dire pour l'enclos ? » cria-t-il. Il en restait. C'est ainsi que les canards furent eux aussi de la partie. Et aux premières loges.

La veille, Lý Phong était allé boire une tasse de thé chez Hiền en compagnie des jeunes gens. On parla de la situation politique au Vietnam, des défaillances du système d'irrigation dans les campagnes et des nouveaux riches de la ville. Des salaires dans les plantations de thé et de café, des parcs publics de Berlin comparés à ceux de Hanoi, de l'inégalable guitare de Phạm Duy. On passa en revanche sous silence le théâtre de marionnettes en général et la marionnette Thủy en particulier. Au bout d'une petite heure, les invités quittèrent la chambre de Hiền avec des courbettes polies.

Hiền resta longuement assise à regarder la cour par la fenêtre, les vrilles de la vigne sauvage qui grimpaient sur le mur d'en face, la palissade en bois derrière laquelle les poubelles étaient cachées, les vélos qui s'y appuyaient et les premières feuilles jaunes et rouges tombées sur leurs selles et garde-boue et qui restaient posées là. Elle voyait tout ça sans le voir. En pensée, elle récapitulait les chemins empruntés par Thủy. Conçue dans un hangar au bord de l'étang du village, offerte en cadeau de mariage, éveillée à la vie sur le delta du fleuve Rouge, transmise par le grand-père agonisant à sa petite-fille qui vivait près du grand carnage mais y avait réchappé, emportée dans un pays où les marionnettes d'eau n'avaient pas de raison d'être. Abandonnée là comme preuve d'amour et serment, conservée dans une arrière-boutique de Berlin-Est, tirée inopinément du sommeil pour servir de « bien culturel » à l'école primaire de l'arrière-arrière-petit-fils sans une seule goutte d'eau du delta sous le socle. Remise à l'abri, enroulée dans ses couvertures, puis tirée une seconde fois du sommeil par la curiosité d'un journaliste japonais. Et pour faire de nouveau la démonstration de son art entre air et terre, et non sur l'eau où était sa place.

Hiền restait assise, les mains sur les cuisses, sans allumer la lumière alors que l'obscurité commençait à gagner, sans prendre garde aux appels venus de la boutique, sans enfiler des bas sur ses pieds froids. Ses lèvres se mirent à former un vers ancien, presque en silence, encore et encore, les premier et dernier mots s'enchaînant en un cycle infini. *Chacun porte en soi / son karma. / Que personne ne se plaigne que le ciel soit / loin de celui-ci / et proche de celui-là. Le bien / a ses racines / tout au fond de nous. / Chacun porte en soi son karma…*

Comme dans un mantra, son âme y trouva l'apaisement, et la décision s'imposa d'elle-même.

Le matin suivant, elle alla voir les jeunes gens qui prenaient leur petit déjeuner dans l'atelier de Lý Phong et demanda s'il restait une tasse de café pour elle. L'après-midi, Hiền se glissa pour la première fois de sa vie dans un pantalon de Néoprène et se mit à répéter. Ses mains se souvenaient de tout.

5

Toute la journée avait été venteuse. L'eau de l'étang formait de petites vagues agitées sous les bourrasques. Mais en fin d'après-midi, le vent tomba, et les lampions solaires ballotés aux branches des châtaigniers et des érables, des chênes, des bouleaux et des peupliers se figèrent comme par magie et répandirent leur lumière tamisée avec plus d'harmonie qu'aucun régisseur n'aurait pu le faire.

Les gens affluaient. Prenzlauer Berg était une portion de Berlin pleine de vie, 150 000 habitants sur 10 kilomètres carrés, et les marionnettes avaient attiré un centième de cette population. Du quartier voisin de Lichtenberg arrivaient des familles vietnamiennes qui suivaient avec une curiosité et un intérêt commercial croissants ce qui se passait à côté de chez eux. Le défilé soyeux des sœurs Lê fit tourner les têtes : quatre femmes, toutes à peu près de la même taille – 1 mètre 68 –, aux longues chevelures noires avec une raie au milieu et attachées sur la nuque, avaient enfilé sur leurs larges pantalons blancs l'étroite robe fendue au-dessus des hanches : jaune soleil pour Ly, rouge carmin pour Hoa, bleu cobalt pour Thảo, vert pomme pour Lan. Elles précédaient leurs parents et la grand-mère, et mirent le cap d'un pas décidé sur la place que Mây, toute de blanc vêtue, leur avait réservée.

Undine, elle-même habillée de sa soie vert océan fournie par Hiền, suivit du regard, non sans jalousie, cette rivale à cinq têtes, mais son sens de la beauté l'emporta sur sa vanité. Avec un grand sourire, elle s'approcha de la nappe de pique-nique des Lê, se présenta, demanda si elle pouvait se joindre à eux et entama sans plus de détours une conversation sur la soie, les patrons de couture et les coiffures. C'était l'occasion d'en prendre de la graine.

Non loin d'eux était établie la famille Ǧoàn, qui était celle de Định. La mère et la sœur s'étaient installées dès le début de l'après-midi et n'avaient depuis plus bougé. Le père venait d'arriver. Il regardait Định. Mais Định ne regardait pas son père, n'osant même pas rêver qu'il puisse être là et ne pas le lâcher des yeux, tandis qu'il sautait d'un bout à l'autre du pont de singe, riait et plaisantait au milieu des derniers préparatifs ; tandis que ses camarades lui boxaient gentiment les côtes, puis qu'il se postait près de la rambarde pour trier les mousquetons et les câbles tout en regardant les flots de nouveaux venus

– cette file ininterrompue que le père de Định ne voyait pas, car il n'avait d'yeux que pour son fils.

Les spectateurs ne venaient pas seulement de l'Est, mais aussi de l'Ouest. L'officier d'état civil accompagné de l'aîné de ses petits-fils avait placardé son affiche, calligraphiée dans les règles de l'art, aux murs des cafés et bistros autour de la Marheinekeplatz, de la Winterfeldplatz et de la Stuttgarter Platz. Les ex-membres actifs de la Grande Conférence du Vietnam étaient restés assez mobilisables et bons marcheurs pour ne pas se laisser dissuader de manifester leur solidarité et leur admiration envers le peuple vietnamien. Même si la révolution socialiste mondiale n'avait pas pris la tournure escomptée. C'était l'occasion de se revoir enfin, entre anciens compagnons de route, et l'un d'eux avait eu l'idée de retrouver la trace des gens de la Jeunesse libre allemande qui les avaient aidés lors de leur transit : ils avaient permis aux activistes du Vietnam en route pour Berlin d'être exonérés de taxe routière et de passer les formalités en accéléré. Si tous les gardes-frontières n'avaient pas joué le jeu, on n'avait pas manqué de bonne volonté. C'était une raison suffisante pour échanger de nouveau quelques poignées de main.

On aurait pu faire ça plus tôt, mais il n'était pas trop tard. On se retrouva sous le poing serré du combattant espagnol en bronze, à l'entrée du parc côté Friedensstraße, on se fit reconnaître sans trop de difficultés et on se mit en route d'un même pas vers le grand étang. On parla politique, rit, pontifia et rouspéta. C'était vraiment dommage de s'être perdus de vue. Mais on pouvait se rattraper. Après tout, il était toujours possible d'organiser une rencontre. On avait les cheveux grisonnants et parfois un genou artificiel, mais il restait les petits-enfants dans lesquels placer ses espoirs. Ces derniers lisaient des livres avec des phrases comme « Tout va bien tant que tu restes féroce ». La situation avait déjà été plus désespérée.

Les nouveaux arrivants ne venaient pas seulement de l'ouest de la ville, mais de l'ouest du pays. C'était Etsuko qui avait trouvé sur les premières pages du livre de la bibliothèque avec les belles images du théâtre de marionnettes, au milieu de mots allemands et vietnamiens incompréhensibles pour elle, une combinaison de cinq caractères qui avait retenu son attention : UNIMA – Union internationale de la marionnette. Par l'intermédiaire de la page d'accueil japonaise, elle avait trouvé la page allemande et, sous la dictée de Mây, tapé trois lignes sur son Smartphone, qui avaient aussitôt été reprises dans la rubrique « Nouvelles de la scène » et s'étaient ensuite répandues comme une traînée de poudre. À bord de covoiturages, de paisibles lignes régionales avec billets de groupe, d'anciennes camionnettes Hanomag et bus Volkswagen de l'avant-dernière génération, les marionnettistes, pour la plupart sans le sou mais avec de la bonne humeur à revendre, arrivaient de

Northeim, de Schwabach, de Schwäbisch Gmünd et de Wiesbaden, mais aussi de Raabs an der Thaya, de Herisau et de Gamprin et de centaines d'autres lieux avec indicatifs téléphoniques à cinq chiffres et numéros de port à trois chiffres.

Compte tenu des spectateurs venus de loin comme de ceux tout juste sortis de leurs bureaux, Nguyễn Văn Huy avait été bien inspiré d'installer quinze stands de soupe de nouilles montés à la hâte et où on pouvait se ravitailler à peu de frais. Des marmites, des louches et des bols à soupe en feuilles de palmier biodégradables : il n'en fallait pas davantage. Tout en attendant leur *phở* bien chaud, les clients feuilletaient les brochures de la Ligue pour la fondation d'une néopensée disposées dans des présentoirs sur les comptoirs, et nombre d'entre eux glissèrent le prospectus dans leur sac au lieu de le reposer. Histoire de regarder ça de plus près une fois rentré chez soi.

Coiffés de leurs chapeaux pointus à bandes réfléchissantes, les agents de surveillance patrouillaient au milieu du flot des habitants du quartier et des nouveaux venus, remplis de fierté et d'une satisfaction bienveillante – à croire que tout ça était leur ouvrage, ce qui, au fond, n'était pas complètement faux. Ils avaient à la main des tirelires scellées où les promeneurs jetaient quelques pièces à leur convenance. (Une fois les comptes faits le lendemain matin, les artistes de Thàc Bà furent stupéfaits par la somme réunie, contrôlée à deux reprises. Ils soupçonnèrent une erreur de conversion entre euro et đồng. Après de longues et précises vérifications pour s'assurer que le résultat était au-dessus de tout soupçon arithmétique, ils sautèrent de joie comme des gamins et voulurent aussitôt, mais en vain, payer pour le vivre et le couvert.)

6

Il n'y avait jamais eu de plus jolie scène ici. La lumière des lampions se reflétait dans l'étang et transformait les tentes des magasins de plein air en châteaux de pagodes venus d'Asie. Aux voix de plus en plus basses des spectateurs sur la rive se mêlaient les notes de tambour, de luth et d'harmonica en provenance de l'eau. Un gong imposa le silence, un silence tendu. Au son de ses dernières vibrations, l'ambassadrice du Vietnam fit une allocution de bienvenue. Sans trop de chaleur, car elle ne savait pas encore quelle tournure les choses prendraient, comment ça se terminerait, mais sans trop de retenue non plus, car elle sentait comme tout le monde que l'atmosphère était chargée de Vietnam, de curiosité, d'intérêt et d'impatience, et elle ne voulait pas donner l'air d'y être restée insensible. À la fin de son petit discours au patriotisme modéré et à l'étatisme mesuré, elle passa la parole à un maître de conférences spécialisé dans les civilisations d'Asie du Sud-Est à la permanence duquel s'était récemment présenté un officier d'état civil féru d'écriture vietnamienne. « Une dernière question », avait-il dit après une brève discussion sur les auditeurs libres et de longs développements sur l'antique alphabet du nom de *chữ nôm*, et il lui avait alors tendu une affiche du spectacle en projet au-dessus de la table, calligraphiée et dessinée par ses soins. Serait-il possible de le convaincre de faire une petite introduction à l'art du théâtre de marionnettes d'eau ? Le maître de conférences avait longuement regardé l'affiche qui représentait des fées cachées dans des roseaux, examiné l'écriture irréprochable, hoché plusieurs fois la tête tandis qu'un sourire s'agrandissait sur son visage, et fini par dire : « Ce n'est pas une question, c'est un cadeau. »

Johannes Sikora, docteur ès sciences des civilisations, grimpa donc sur l'estrade de bambou et – avec autant de joie et de précautions qu'on ouvre un cadeau, un cadeau inattendu, un cadeau dont on ne sait pas vraiment comme il est arrivé entre nos mains – fit découvrir au public l'art du théâtre d'eau, les légendes et les mythes du vieux Vietnam.

« Pour quelle raison, demanda-t-il, à une époque dont nous avons perdu la mémoire, les Vietnamiens ont-ils cessé d'envoyer leurs marionnettes dans le ciel sur des cerfs-volants de bambou pour les confier à l'eau ? Était-ce la certitude que cette eau qui fertilisait leur terre et faisait pousser le riz serait aussi favorable à leurs jeux ? Était-ce la volonté d'accorder sa juste valeur à cette eau qui faisait défaut durant les sécheresses, qui dévastait les champs durant les inondations, par un hommage plein de grâce et d'humour ? Ou bien était-ce le souhait d'associer à leurs fêtes cette eau qui régissait déjà leur quotidien ? » Autant de questions qui n'attendaient pas de réponse, mais orientaient dans le bon sens les pensées des spectateurs. Il était temps pour Johannes Sikora de les préparer aux scènes qu'ils verraient dans quelques instants : le poisson qui se transforme en dragon, Gia Cát qui rattrape le vent, un combat de buffles d'eau, des moines et des nonnes en train de prier, une danse de fées. Et Kiều, la belle et jeune héroïne qui retrouve son bien-aimé au pied du mur séparant sa maison de la sienne et la promesse qu'ils se font alors : *Ils réunirent deux boucles / de leurs chevelures, les coupèrent / avec un couteau d'or. La lune / se tenait au zénith…*

« Il n'y a pas si longtemps de cela, dit-il, à la ville comme à la campagne, chacun connaissait au moins quelques vers de ce poème et les récitait dans cette alternance simple d'hexasyllabes et d'octosyllabes qui transforme les paroles en chant. Un chant capable de délier les langues, mais aussi les âmes face au destin de Kiều qui renonce à son bien-aimé, qui se vend pour sauver sa famille, qui fait don d'elle-même, qui souffre, espère, croit, pardonne, triomphe, s'agite et trouve le repos – et peut-être aussi face à tout ce qui se cache en nous et s'en trouve ému ? »

Le chercheur qui s'exprimait depuis le petit appontement improvisé devant l'île aux canards était un expert reconnu dans son domaine. Il avait écrit deux livres dont la portée et l'importance faisaient d'eux presque l'œuvre de sa vie. Pourtant, il posait plus de questions qu'il ne donnait de leçons. Et il faisait la même chose au bord de cet étang que dans sa salle de cours. Ce n'étaient pas des considérations pragmatiques qui l'avaient attiré vers les civilisations d'Asie du Sud-Est – comme le fait que le commerce international en pleine croissance avait besoin d'interprètes, ainsi que ses parents l'affirmaient à l'époque pour justifier cet étrange choix d'orientation auprès de leurs voisins et proches –, mais uniquement sa passion précoce pour la beauté sans fard, le splendide mystère de l'art à l'est des Indes et au sud de la Chine. Il était dans sa quarante-septième année et pouvait parler d'amour filial, de mélancolie, de passion et de renoncement comme un homme qui n'en avait pas seulement entendu parler dans les livres. Douze minutes lui suffirent pour ce qu'il avait à dire. Puis il laissa la scène aux marionnettistes, ou plutôt l'eau aux marionnettes.

Les marionnettistes ne se montrèrent pas. Ils restèrent cachés dans la tente et, au bout de leurs tiges et de leurs gouvernails, firent se transformer les poissons en dragons, combattre les buffles d'eau, prier les moines et les nonnes. Le programme avait été annoncé à l'instant, et pourtant il fit sensation. Avant que les fées s'alignent pour danser, le rideau s'ouvrit sur une vieille marionnette en bois dont seule une poignée de personnes savait qu'elle avait été fabriquée du temps où le Vietnam portait encore le nom d'Indochine et avait élu domicile à Prenzlauer Berg un quart de siècle auparavant, à l'abri des regards.

Elle glissait sur l'eau, rêvait, jouait, aimait et souffrait ; de bois elle devenait chair et sang, génie des eaux, silhouette faisant partie de ce tout sans vraiment y appartenir. Même la voix qui racontait son histoire était un peu irréelle. Jeune et vieille à la fois. Elle parlait vietnamien avec un léger timbre allemand et allemand avec une subtile intonation vietnamienne. Impossible de dire quand et où la voix laissa place à une autre mélodie – le bourdonnement d'un instrument à cordes, une note aiguë qui dansait sur le bois, vrombissante et entêtante. Cette musique aurait aussi bien pu venir des profondeurs de l'étang, en demi-ton, s'élever entre les cimes des arbres ou surgir des pores du corps des marionnettes. Si on fermait les yeux, elle était partout, non seulement dans l'eau et les arbres et les marionnettes, mais aussi dans la tête et le ventre et dans sa propre gorge.

La mélodie avait attiré les fées qui flottaient maintenant aux côtés de Thủy. Entre ses bras, à mi-hauteur, se déployait une étoffe argentée. Elle devait être tissée de gouttes d'eau. Les fées tournoyaient au son d'une flûte, leurs bras se transformaient en ailes de papillon, elles se succédaient, encore et encore, les cierges merveilleux projetaient des étincelles dans leur main droite. Comment était-ce seulement possible ? Les spectateurs murmuraient sans oser applaudir. On n'acclame pas les esprits en plein prodige.

Adossée contre un châtaignier, Etsuko ne remarqua pas que Hideo la prenait en photo à quelque trois mètres de distance. *Absorbée :* c'était le titre qu'il donnerait plus tard à ce portrait où on voyait une jeune femme le regard plongé dans une eau habitée d'apparitions qui n'étaient pas de ce monde. Mais, loin de montrer le moindre signe de peur ou même d'inquiétude, elle contemplait ce spectacle comme si elle se trouvait là-bas, au milieu de ces ombres, et non ici, où le regard du photographe l'avait saisie.

Ce soir-là, ce fut peut-être la première fois qu'elle comprit vraiment sur quelle impulsion le dramaturge Chikamatsu Monzaemon avait élaboré sa théorie du théâtre de marionnettes trois siècles et demi auparavant, dirait Etsuko à son *sensei* à l'âge vénérable une fois rentrée à Tokyo quelque temps plus tard, en lui remettant sa thèse sur « Les théories du théâtre de marionnettes en Asie et en Europe ». Elle avait dû parcourir la moitié du globe pour saisir, sur le miroir frémissant d'un étang aux canards berlinois, la ligne ténue qui rend possible le théâtre. Une danse de marionnettes entre air et eau, qui participe des deux éléments sans appartenir à aucun, lui avait permis de comprendre ce qu'elle n'avait fait qu'apprendre dans la salle de lecture de l'université : « Ce qu'on appelle art se trouve à la lisière entre réalité et invention. »

Après avoir photographié sa femme en plein recueillement, Kawashima Hideo flâna à travers la foule avec l'impression de n'avoir encore jamais été au meilleur moment au meilleur endroit. Il réalisa pour l'édition du dimanche du *Akahata* une série de photos grâce auxquelles les jeunes marionnettistes devraient par la suite être invités à Tokyo. Il côtoyait une centaine de journalistes en quête d'articles à écrire et de photos à prendre pour leurs feuilles de chou qui allaient décrocher la une ou au moins les gros titres de la rubrique « International ». Parmi eux se trouvait Michael Golzow. Il était euphorique à l'idée d'être le seul à pouvoir raconter toute l'histoire, la véritable histoire. Depuis le début jusqu'à ce finale enflammé. De la cour d'école à l'étang aux canards en passant par le pont de singe. Une histoire de quartier. Presque un roman. Bien qu'il soit un homme de l'image et non un « gratte-papier » ainsi qu'il l'avait souvent – peut-être un peu trop souvent – souligné, il envoya un SMS au rédacteur en chef de son journal : « C'est moi qui l'écris… » Il reçut en retour un simple point d'interrogation. Et répondit d'un point d'exclamation. En tant que premier témoin de ce mouvement, il n'avait pas seulement des choses à montrer, il avait aussi des choses à dire. Point.

La fête continua longtemps à Friedrichshain. Un au revoir à l'été. Une journée clémente se terminait, l'air fraîchissait. On s'enroula dans des couvertures, on rassembla les restes des paniers à pique-nique pour composer de hasardeux repas. On fit un dernier tour dans le parc. On tenta d'attraper les marionnettistes par la manche, de leur dire que ç'avait été une expérience inoubliable. Les marionnettistes ne comprirent pas un mot, mais ils entendirent ce qu'on leur signifiait de tous côtés. C'était merveilleux, tout simplement merveilleux – vraiment !

7

À 10 heures le lendemain matin, c'étaient de nouveau des canards qui flottaient sur l'étang à la place des marionnettes. Ils encerclaient la petite île en caquetant et suivaient avec intérêt le rétablissement de leur territoire. Les tentes furent démontées, le pont de singe remballé. Pour ce faire, il n'y eut pas besoin de lourd engin, mais simplement d'une poignée de jeunes hommes et femmes agiles. L'ambiance de fête ne se dissipa pas de sitôt. Elle était à l'unisson d'un soleil d'automne tempéré mais persistant qui justifiait encore les *nón lá* et autorisait les derniers pique-niques. Les marionnettistes qui s'étaient laissé entraîner loin de leurs villes et villages par la liste de diffusion de l'UNIMA tirèrent leurs marionnettes favorites de leurs sacs à dos et se mirent à improviser à perdre haleine dans tous les coins et recoins du parc. À midi, ils se retrouvèrent sur la petite colline au bunker, contemplèrent la vaste ville plate au-delà de la tour de télé jusqu'à l'horizon délimité par le mur, bricolèrent et firent des projets en buvant du café et mangeant des petits pains garnis.

Les répertoires des portables s'allongeaient à vitesse grand V. C'étaient des « Il faut qu'on s'organise quelque chose » et des « Tu repars déjà demain ? Reste une journée plus ». À Berlin le soleil brillait, à l'ouest il pleuvait. On resta. Avec au milieu d'eux, les petits jeunes de Thác Bà. Ils apprirent quelques mots d'allemand : marionnette, main, fil, croix d'attelle. Ils prirent leur revanche avec les noms de leurs personnages. Tễu : clown ; Thi Mầu : fille du village ; Lê Lợi : grand roi. On échangea les marionnettes : « Passe-la-moi. Comme ça ? Non ? Tu peux me montrer encore une fois ? Voilà, j'ai compris le truc. » Et ils finirent par repartir malgré tout, l'un après l'autre. La dépression météorologique progressait depuis l'ouest, les amis berlinois devaient récupérer leur salon, le chat attendait à la maison, et puis il fallait aussi se préparer à la période de Noël – la haute saison.

Les marionnettistes de Thác Bà couchèrent à leur tour les marionnettes, perches et gouvernails dans les coffres et débarrassèrent l'atelier de Lý Phong. Ils durent promettre de revenir l'année suivante. À tout prix et quoi qu'il arrive. Sung accompagna la troupe à l'aéroport dans son fourgon, les pilota jusqu'au comptoir de Vietnam Airlines encore fleuri de la fête d'inauguration, car les vols directs à destination de Berlin n'existaient que depuis peu. On lui offrit un porte-clefs avec le numéro du service des réservations et une fleur de lotus importée par vol direct sur laquelle brillaient encore les gouttes d'eau d'un étang situé à dix mille kilomètres de là. En se rendant à l'enregistrement, Sung la glissa dans la main d'une petite Vietnamienne qui était assise, fatiguée, sur une gigantesque valise tandis que ses parents rassemblaient leur monnaie devant une machine à café. Sung regarda ses amis disparaître dans les couloirs derrière les guichets avec un dernier signe de la main.

Il tourna les talons et se mit à penser à la livraison de pâtons annoncée pour le matin même lorsque l'image des coffres à marionnettes éclipsa soudainement celle des petits pains. Les coffres avaient passé l'étape du pesage sans faire de vagues. Mais ce serait bientôt le tour du scanner, se dit Sung, rayons X sur corps de marionnettes. Et si elles en ressortaient abîmées ? Si les yeux d'un agent de sécurité décelaient une menace potentielle dans ces paquets soigneusement emballés ? Si des chiens les reniflaient ? Si on réclamait des explications à ses amis de Thác Bà dans le rude anglais berlinois ? « Explosifs ? Drogues ? » Peut-être les agents échangeraient-ils ensuite un sourire soulagé avant de raconter l'anecdote à leur famille le soir venu : « Et en fait, c'étaient tout simplement des marionnettes, avec un peu de peinture dessus, comme celles dans le journal l'autre jour… »

Sung n'était pas du genre à grimper sur les terrasses d'aéroport pour faire signe aux avions. C'était une chose qu'il n'avait encore jamais faite. Mais il se retrouva d'un seul coup là-haut, posté près de la balustrade, à laisser passer le temps et vagabonder ses pensées, et il en oublia les pâtons, cessa de regarder sa montre et laissa son portable sonner comme s'il n'y avait rien de plus important au monde que de vérifier que le Boeing 777 à destination de Hanoi décollait bien, le ventre plein de marionnettes.

Après l'avoir vu s'élever dans les airs, il rebroussa chemin, rejoignit son fourgon, prit la direction de la ville – et tomba aussitôt sur un embouteillage. De son plein gré, aurait-on pu dire, car Sung connaissait les chemins dérobés de cette ville et savait très exactement comment contourner les embouteillages aux heures matinales. Mais sa tête avait besoin de temps. De temps pour aller enfin au bout des pensées qui étaient tapies là depuis que Hideo avait déclaré dans la cuisine de Jana : « Qui sait où je serai l'an prochain. » Une phrase lancée au hasard pour Kawashima Hideo, entre l'étagère à potimarrons et les appels téléphoniques longue distance. Une simple allusion à ses pérégrinations sans relâche. Mais pour Trần Sung, c'était une piqûre d'aiguille qui avait pris des proportions d'épine. « Qui sait où je serai l'an prochain. » Sung passa au point mort, attrapa la boîte de bonbons à la fraise, renversa la tête en arrière, suça le sucre en poudre sur les petites bosses rondes, sentit leur douceur lisse et fruitée contre sa langue et songea à sa boutique, à sa mère, aux avions, à Hanoi, à sa sœur, à Mây et aux enfants, à l'obligation scolaire allemande, tout en se demandant ce que ça ferait, au lieu de disposer des bananes dans des caisses le matin, de les accrocher sur le mât d'un bateau.

Il voulait voir sa boutique flotter sur l'eau. Lorsqu'un coup de Klaxon résonna derrière lui, il démarra si brutalement que le bonbon à moitié sucé glissa inopinément au fond de sa gorge, et il résolut de poser la question à Mây. Dès qu'il serait rentré à la maison. La technique avait déjà fait ses preuves.

Cette fois, Mây ne répondit pas immédiatement, mais regarda Sung avec de grands yeux et hocha prudemment la tête. Un hochement qui pouvait à la rigueur être interprété comme un « Oui, j'ai compris ta question », mais certainement pas comme un « Oui, je le veux ». Car elle avait deux enfants, le projet d'en avoir trois ou quatre et comme une intuition que le troisième était déjà à la porte… Comment faire une chose pareille – partir du jour au lendemain ? Elle en parla avec Etsuko à la caisse durant les brèves pauses entre les clients.

« Tu verras le soleil se lever le matin depuis le bateau, tu apprendras à râper la canne à sucre et à ramer, dit Etsuko, tes enfants boiront du lait de coco et seront ballotés sur les eaux du fleuve Rouge. Tu n'as besoin de presque rien. Où sont vos valises ? »

Avec un éclat de rire, Mây leva les mains en un geste de refus désemparé.

« On s'occupera de la boutique avec Hiền le temps que vous rentriez, dit Etsuko pour clore le débat. La boutique est en de bonnes mains, et vous rentrerez car on ne va pas s'éterniser. Vos passeports sont à jour ? »

Comme dans un menuet baroque où les partenaires passent de main en main pour former sans cesse de nouveaux couples, les familles Kawashima et Trần dialoguaient sans avoir prévu ces tête-à-tête, mais sans les cacher non plus – Etsuko avec Sung, Sung avec Hiền, Etsuko avec Hideo, Hideo avec Mây, Mây avec Hiền, Hiền avec Minh, Minh avec Sung, Sung avec Hideo, Hideo avec Hiền… Le soir, ils se retrouvaient attablés tous ensemble autour d'un grand plat de savoureuses boulettes de riz appelées *chả cốm* et faisaient comme si le départ de la famille Trần pour le Vietnam était un projet irrévocable à la réalisation duquel ne manquaient plus que les billets d'avion, le change et deux ou trois rappels de vaccins.

Une dernière fois, alors que les restes de boulettes de riz n'avaient pas encore été débarrassés ni les assiettes de fruits apportées, Sung se pencha par-dessus la table pour demander à mi-voix à sa mère si elle ne voulait pas les accompagner. Hiền secoua la tête : « On reste ici et on vous attend », dit-elle en regardant non pas Sung, mais Thủy, qui avait déjà joué le rôle de gage par le passé. Le regard de Sung suivit le sien.

« Un an, maman, dit Sung.

— Ou peut-être deux, répondit Hiền. Le temps dépend de ce qui demande à être trouvé. »

Sung observa sa mère et d'un seul coup, un souvenir lui fit monter le sourire aux lèvres. « Combien de moules as-tu cachés là-bas ? » demanda-t-il. Hiền leva la main, sur le point de se prêter au jeu d'autrefois. Mais elle la laissa finalement retomber avec un sourire.

« Motus et bouche cousue », dit-elle en détournant le visage, car elle savait que l'amour et la douleur s'y livraient bataille, et que ce genre de combat n'était pas pour les enfants en train de quitter le nid. Au bout du compte, ils ne partaient pas. Et ils ne pouvaient pas non plus revenir.

8

Trois jours avant le premier dimanche de l'Avent, une fois l'école terminée et à la demande de sa femme, le directeur traversa le quartier pour acheter une couronne de l'Avent. Ce faisant, il se dirigeait d'un pas plus ou moins déterminé vers la boutique de Sung, ce qui n'était pas tant lié à la couronne de l'Avent demandée qu'aux grilles de sudoku particulièrement ardues que la jeune Asiatique qui tenait la caisse depuis peu gardait à sa disposition sous le comptoir de la boutique. La prof de religion aux cheveux en brosse lui avait récemment subtilisé juste sous le nez le dernier exemplaire d'un carnet de sudokus 16 × 16 dont il ignorait l'existence. Il était évident que son autorité venait d'atteindre ses limites et qu'un « Rendez immédiatement ce carnet ou je vous colle des heures supplémentaires » n'était pas envisageable. Dans le sourire de son enseignante, il avait cru déceler une nuance de triomphe pas tout à fait chrétienne qui avait achevé de le contrarier. La jeune femme derrière la caisse avait dû lire sur son visage la déception inconsolable et quasi enfantine, car lors de sa visite suivante, elle avait brandi la dernière édition du carnet importé directement du Japon de sous le comptoir et soufflé avec un clin d'œil de conspiratrice : « Toutes les deux semaines, le jeudi. »

Le directeur ignorait qu'elle tenait le même genre de propos à la prof de religion, avec une petite variante : « Toutes les deux semaines, le mercredi. » Mais ces cachotteries paritaires faisaient partie intégrante de la première expérience menée avec succès par Etsuko, qu'elle avait baptisée du nom de « fidélisation ciblée de la clientèle » dans son journal de bord de la boutique.

On était jeudi. Au milieu des couronnes de l'Avent ornées de boules, de nœuds, de fausse neige et de paillettes, d'autres, devant la boutique de Sung (et pas seulement la sienne), étaient surmontées de quatre silhouettes en bois dont les chapeaux pointus retournés servaient de bougeoirs. De petits personnages sans chevelures d'ange bouclées, sans ailes, mais habillés de tissu finement sculpté qui même en bois avait l'air soyeux, et aux yeux peints en amande. Le directeur, qui n'avait jamais été très sensible au clinquant, fut agréablement surpris par cette variante de la figurine de fin d'année chère à l'Allemagne de l'Est. « Après tout, pourquoi pas ? » se dit-il. Maintenant que ce genre de personnages se trouvaient dans toutes les vitrines, qu'on y vende des fruits et des légumes, des vis ou des chaussures, ils avaient bien leur place ici. Le directeur tourna et retourna la couronne pour vérifier les finitions tout en songeant avec perplexité à son quartier. Un an plus tôt, personne ne connaissait ces marionnettes, et désormais personne ne les connaissait pas. À quand cela remontait-il ? À la manifestation contre le manque de place ?

Il évacua rapidement cet événement de sa mémoire. En réalité, tout avait commencé dans le préau, lors de la journée d'entente entre les peuples organisée pour son supérieur hiérarchique, non ? Comme le sapin de Noël était déjà sorti, cela devait dater à peu près de un an. Un an seulement ? Le directeur choisit une couronne à figurines, l'emporta dans la boutique, prit place dans la queue devant la caisse et tenta de retracer l'historique de cette nouvelle tendance venue d'Asie. Tandis qu'il se demandait s'il convenait de la décrire sous la forme d'une cascade, d'une parabole ou d'une fonction échelon, il prit soudain conscience, dans les tréfonds incontrôlables de son cerveau de mathématicien, que la boutique dans laquelle il se trouvait était celle de Sung Trần, cet Indien dégingandé qui se tenait toujours près des caisses de fruits pour réceptionner les livraisons et qu'il n'avait pas vu depuis longtemps dans les parages – comment aurait-il pu en être autrement, puisque c'était précisément ce Sung Trần qui, quelques semaines auparavant, avait déposé une demande de congé pour son fils Minh, élève de 4e B, « une année pour commencer » : destination Vietnam ? Et ce Minh Trần n'était autre que l'écolier qui, accompagné de sa grand-mère, laquelle était sans doute la mère de Sung Trần, avait autrefois amené la marionnette dans le préau. Et voilà que ces marionnettes étaient partout, et les Trần étaient partis – mais n'était-ce pas la grand-mère qu'il venait d'apercevoir dehors, près des bouquets ? –, et à leur place avait débarqué la femme qui lui gardait les carnets de sudoku sous le comptoir. Un an seulement ?

À vrai dire, il n'était pas favorable aux achats sous le manteau (il y en avait eu assez à l'époque des coopératives de consommation et grandes surfaces en libre-service d'Allemagne de l'Est) ni aux frasques telles que les congés de plus de trois jours (rien de tout cela n'existait autrefois). Dans ce cas précis, il avait même dû téléphoner au recteur, car il s'était rendu compte que l'école n'était pas obligatoire au Vietnam, et comment dans ces conditions serait-il possible d'obtenir la garantie que le petit Minh, qui avait après tout aussi des papiers allemands, était bien scolarisé ? À double nationalité, demi-obligation scolaire ? Et puis ce « pour commencer » : quelle réaction fiable et responsable pouvait-on opposer à une locution adverbiale aussi vague ? Au téléphone, le recteur avait balayé toutes les formalités d'un revers de main et répondu avec enthousiasme : « Mon Dieu, eh bien, il n'ira pas à l'école – comment réaliser l'entente entre les peuples si les enfants ne voyagent pas ? Commencez par laisser la petite famille partir tranquillement. Comme je le dis toujours : une année autour du monde vaut trois années d'école ! »

Le directeur doutait que le recteur ait jamais prononcé ces mots, mais ce dernier était à bien des égards devenu méconnaissable. Il ne s'était pas contenté de tout mettre en œuvre pour obtenir une rénovation approfondie et affecter six salles du bâtiment voisin à la garderie (de la place pour un baby-foot dans le couloir et pour deux tables de ping-pong – même la sécurité incendie avait donné son accord). Il s'était aussi engagé personnellement en faveur de l'aménagement d'une cuisine scolaire au rez-de-chaussée et s'était ainsi mis à dos les membres du conseil municipal qui voulaient en rester aux plats de pâtes trop cuites de la cantine. « C'est économique, avaient-ils argué. – Mais pas gastronomique », avait répliqué le recteur.

Cela avait été la première résurgence est-allemande de ce type dans tout Berlin. On en avait parlé partout, même à la télévision. C'était l'ACCLM, cette nouvelle Association pour la culture et la cuisine des légumes méconnus, qui approvisionnait la cuisine et était aux fourneaux. Les membres de l'ACCLM avaient habilement saisi la balle au bond et s'étaient immatriculées au registre du commerce sous le nom de Fourchettes & Baguettes, filiale d'un restaurant vietnamien. Après les vacances d'automne, elles avaient entrepris de remplir les estomacs vides des écoliers avec une ribambelle de plats – pommes de terre en robe des champs et riz gluant, saucisses à la choucroute et poulet au curry, le tout accompagné de produits frais et colorés. Par on ne sait quel tour de force, le tofu cuisiné par les Fourchettes & Baguettes était si savoureux et consistant que le directeur lui-même, fils d'un paysan du Brandebourg pour qui le végétarisme sous toutes ses formes n'avait jamais été qu'une vaste blague, en remplissait généreusement son assiette. Il était tout à fait prêt à prendre position en faveur d'une prolongation du contrat avec les Fourchettes & Baguettes.

Au fond, n'avait-il pas été de tous les combats ? N'était-il pas en quelque sorte l'initiateur du mouvement ? À bien y réfléchir, tout avait réellement commencé lors de la fête du préau en l'honneur des « choses du monde » – ou peut-être encore plus tôt, et autre part ?

Quoique désireux de se faire bien voir des services administratifs et du Sénat, le directeur, en définitive, était moins préoccupé par sa vanité personnelle que par de subtils questionnements où entraient des considérations d'ordre mathématique et scientifique ; aussi ne s'attarda-t-il pas sur sa responsabilité dans la tournure qu'avaient prise les événements. Mais, tout en avançant dans la queue et tandis que Hiền en profitait pour lui emballer sa couronne dans du papier de soie blanc, il entreprit de se demander si ladite tournure tenait de l'effet papillon ou de l'effet boule de neige. Et comme toujours, le directeur ne parvint à aucune conclusion. Il faut dire que l'histoire était loin d'être conclue.

REMARQUES

J'ai trouvé de nombreuses inspirations et informations utiles dans les publications suivantes :

Charlotte Baumann, *Aus allen Quellen trinken. Die Identitätssuche der Kinder ehemaliger vietnamesischer Vertragsarbeiter in Deutschland* (mémoire de fin d'études), université Passau (http://dienhong.de/wp-content/uploads/2011/03/Diplomarbeit-Baumann.pdf).

Ilona Schleicher (dir.), *Die DDR und Vietnam. Berichte – Erinnerungen – Fakten. Teil I und II*, écrits sur la politique internationale, association Verband für Internationale Politik und Völkerrecht e. V. (cahiers 34 et 35), Berlin, 2011.

Mary McCarthy, *Vietnam Report*, Munich/Zurich, 1967.

Mary McCarthy, *Hanoi 1968*, Munich/Zurich, 1968.

Die Reiskugel. Sagen und Göttergeschichten, Märchen, Fabeln und Schwänke aus Vietnam, traduit du vietnamien et publié par Hans Nevermann, Eisenach, 1952.

Françoise Corrèze (dir.), *Mein Drachen ist so satt von Wind. Gedichte und Zeichnungen von Kindern aus Vietnam*, Berlin, 1973.

Nguyễn Huy Hồng, *Die Kunst des Wassermarionettentheaters von Thai Binh*, traduit du vietnamien par Susanne Borchers, Zentralhaus-Publikation, Leipzig, 1985.

Nguyễn Huy Hồng und Trần Trung Chính, *Traditionelles vietnamesisches Wassermarionetten-Theater*, traduit du vietnamien par Nguyễn Thị Tâm Tình, Thế Giơị Verlag, Hanoi, 2001.

Les citations sont tirées des sources suivantes :

Exergue : Heinrich von Kleist, « Über das Marionettentheater », in : *Über das Marionettentheater und andere Prosa*, Stuttgart 1998 [1810], p. 88.

Chikamatsu Monzaemon, *Chikamatsu Jôruri-shû,* vol. 2 (= Nihon koten bungaku taikei, vol. 50, Tokyo 1952), p. 358 et suivante. (La citation renvoie à la conception de l'art du dramaturge Chikamatsu Monzaemon [1653-1725] qui s'appuie tout particulièrement sur le théâtre de marionnettes japonais appelé « *Jôruri* ».)

Page 24 : Nguyễn Du, *Das Mädchen Kiễu*, adapté par Irene et Franz Faber, Berlin, 1964 (titre original : *Truyên Thuý Kiều* [1820], p. 10, 13). « *Trăm năm* » sont les mots liminaires du poème. Ils signifient littéralement « cent ans ».

Page 174 : *Bummi* (magazine pour enfants de la RDA), cahier 19, 1966.

Page 261 : Nguyễn Du, *Das Mädchen Kiễu*, p. 52.

Page 264 : Chikamatsu Monzaemon, *Chikamatsu Jôruri-shû*, vol. 2, p. 358 et suivante.

Nguyễn Thị Lan Huong et Aaron Hasche ont rédigé les passages en vietnamien. Je les en remercie de tout cœur.

NOTE DE L'AUTEUR

Il existe de nombreuses boutiques vietnamiennes dans le quartier de Prenzlauer Berg à Berlin. Leur diversité et leur spécificité m'ont inspirée. La boutique de Sung, son histoire et ses propriétaires, ainsi que les autres personnages du roman (à l'exception du traducteur de *Thuý Kiều*) sont cependant tout aussi imaginaires que l'ensemble de l'intrigue.

PAPIER À BASE DE FIBRES CERTIFIÉES

Le Livre de Poche s'engage pour l'environnement en réduisant l'empreinte carbone de ses livres. Celle de cet exemplaire est de :
350 g éq. CO_2
Rendez-vous sur
www.livredepoche-durable.fr

Composition réalisée par PCA

Achevé d'imprimer en janvier 2018, en France sur Presse Offset par
Maury Imprimeur – 45330 Malesherbes
N° d'imprimeur : 223826
Dépôt légal 1re publication : février 2018
LIBRAIRIE GÉNÉRALE FRANÇAISE – 21, rue du Montparnasse – 75298 Paris Cedex 06

75/0727/9